漳州作家丛书

陈燕松／主编

情感档案

于燕青／著

中国华侨出版社
·北京·

图书在版编目（CIP）数据

漳州作家丛书 / 陈燕松主编 .—北京：中国华侨出版社，2018. 10

ISBN 978-7-5113-7767-8

Ⅰ . ①漳… Ⅱ . ①陈… Ⅲ . ①中国文学—当代文学—作品综合集 Ⅳ . ① I217.1

中国版本图书馆 CIP 数据核字（2018）第 216910 号

漳州作家丛书：情感档案

主　　编 / 陈燕松
著　　者 / 于燕青
责任编辑 / 黄　威
责任校对 / 孙　丽
经　　销 / 新华书店
开　　本 / 670 毫米 ×960 毫米　1/16　印张 /324　字数 /4281 千字
印　　刷 / 三河市华润印刷有限公司
版　　次 / 2018 年 11 月第 1 版　2020 年 2 月第 2 次印刷
书　　号 / ISBN 978-7-5113-7767-8
定　　价 / 980.00 元（全 24 册）

中国华侨出版社　北京市朝阳区西坝河东里 77 号楼底商 5 号　邮编：100028
法律顾问：陈鹰律师事务所
编辑部：（010）64443056　　64443979
发行部：（010）64443051　　传真：（010）64439708
网　址：www.oveaschin.com
E-mail：oveaschin@sina.com

《漳州作家丛书》总序

漳州是中国历史文化名城，历史悠久，文化深厚。在文化的星空，群星璀璨，先后涌现出黄道周、林语堂、许地山、杨骚等文化名人，令我们引以为傲。

四十年改革开放，四十年风雨兼程。漳州土地，生机盎然，文学创作也迎来繁荣发展的春天。应是春风吹拂，应是文脉相承，一支包括了老、中、青三代作家的队伍正在悄然形成。2004 年，漳州市委宣传部、漳州市文联编辑出版了第一套《漳州作家丛书》，有十二人，十二本。时隔十多年，在祖国改革开放四十周年的今天，漳州市委宣传部、漳州市文联再次编辑出版第二套《漳州作家丛书》，展现活跃在省内外文坛的二十四位当代作家的创作风采。十二到二十四，这不仅是作家作品数量的增加，更是漳州文学创作水平质的飞跃。

《漳州作家丛书》的出版，旨在展现漳州作家的创作成果和创造实力。以期让更多的人，通过这套丛书，了解漳州，关注漳州，热爱漳州。同时，我们也希望，通过这套丛书的出版，能够激发漳州作家深入生活，体验人生，潜心于文学创作，用更好的作品回馈家乡，回馈人民，回馈时代。

《漳州作家丛书》编委会

2018 年 10 月 1 日

目 / 录

看见和看不见的

广场与石门楼

到达乐土村的亚热带雨林，必须经过石门楼；进入石门楼就进入了 21.3 公顷的亚热带雨林区域。一下车，我先是看见那两座石门楼，还来不及放眼广场后面那神秘的绿野，我知道它们将在其后一一展开，我必须先看看这两座石门楼，一前一后的两座青白石门楼矗立在那片不算大的广场上，像所有门楼那样雄伟耸拔，一座普通的石门楼，然而门楼与门楼不同的是上面的字。这座门楼的前门楼横匾上书“聚翠苑”，后门楼上书“天人合一”。这就告诉人们，这门楼不是建在某个城市的老街区，而是大自然的某一隅。拾级而上，通过这两座石门楼，便进入向往已久的亚热带雨林了。这是个很容易让人想到“天”的地方，进入这聚翠聚绿的亚热带雨林，真是天人合一了。拾级而上便带着瞻仰的心，进入石门楼就像进行了一项短暂而庄严的仪式。没人放炮没人剪彩的典礼，没有隆重的礼仪性程序，那是一项看不见的仪式。你看不见，但你必须要有仪式感，要让这一时刻与其他时刻不同，不同于钟表指针所指的时间，这样瞬间的区别，凸显某种神圣与尊严，使寻常日子里单调普通的事不再单调和普通，黛玉葬花何尝不是为盛大的凋谢、为美为青春为生命举行的一场仪式。在中国，门楼其实都带有仪式般的庄严与盛典。

就好像是，肉身凡胎进入洁净的植物王国所必须要有的仪式与提醒。石门楼也不仅是仪式与提醒，更像一个郑重其事的前奏。也就是说，在这里，要让心情有个稍稍停顿，掏空，以便更好地拥抱、充满，这是怎样广博的拥抱与充满。

石门楼以内平均气温是 20.4℃的亚热带气温，越往里走越能感觉出植物的清香、花草的甘甜直沁心肺，我必须打开我所有的感觉器官，打开被污浊热气麻木了的感官来迎接这热带雨林对人类的深情表达。乐土村的亚热带雨林号称“东南沿海面积最小的原始植物群落”，也号称“南方的小西双版纳”，不管这个或那个“号称”吧，我只管体验我自己的所见所闻，可我分明感觉到，已经有看不见的事物迎面而来。

石门楼里面，繁茂的植被层层叠叠如一片绿色的海洋，各种树木组成的绿色屏障包抄而来，磅礴之势如怒腾的浪涛。这景象很震人，我不由得倒吸一口气，这时，我明显地感觉出空气中有一条分界线，感到了那看不见的却泾渭分明的界限，那一定是石门楼以内的清气与石门楼以外的浊气交锋厮杀出的一条分界线，像正与邪那样的交战，那是纯净的清凉的与污浊的炎热的一场持久战，一定有我听不见看不见的声势浩大，那是一种看不见的神秘的力量。我想起非洲一些部落与敌方争战时，会对风跪拜，它们认为风加咒语可以杀灭敌人。虚空幽秘的诡异的东西总能震慑许多人的精神。

越过那片与石门楼相连的广场，回望，广场就是一个铺垫。

宗祠

草坪上的那座古宗祠有点规模，说有点规模也就是几间连在一起的大厝。我们进到里面看了介绍，知道这是一座历经了 600 多年沧桑的大厝，据说这里出过许多名人，这是一个黄姓宗族的宗祠。同来的一位黄姓作家很受鼓舞，让我一定要把这座宗祠写进我的文字里去。

宗祠坐北朝南，占地约20亩。结构为两进带两厢悬山顶式闽南风格建筑，有庭院围墙、西南向门楼，典雅古朴。宗祠飞檐斗拱、雀替雕花，工艺精湛，瓷雕彩绘图案带着浓烈闽南乡村风格，雕琢太过，色彩也太杂，且没有深浅色的层次，都是浓烈的深色系，深蓝深红深黄深绿这样堆砌在一起就俗了，描金也甚多，更显得俗艳，但从文化层面来说，像这样的故建筑，是可以称赞其富丽艳美的，称赞其技艺精湛巧夺天工。因为那是昔日的气派，你必须穿越到这座建筑物里第一代人所生活的年代，那个时代没有外来文化的借鉴，交通工具只是牛车马车和人的两条腿，即使在天子脚下的皇城建筑，也难免其俗。简洁与流线形是后来受西方影响才有的。

据族谱记载，黄氏肇基始祖与明洪武年间迁至此地，其子知识渊博，通晓天文地理，于是择地而居，在有着卧牛睡姿的地形，并依靠风水林，始建宗祠。黄氏子孙枝繁叶茂，已有24世。黄氏后裔谨遵祖训，严禁砍伐宗祠后面的大片风水林，因此宗祠附近的森林得以保护完好。我想“风水林”是一个关键词，也许就因为这看不见的所谓“风水”让人有所畏惧，把人镇住了，镇住了人的贪欲。我一直以为，无论什么东西若只用道德层面的东西来约束是很难做到的，必须有超越道德之上的东西做支撑，那是来自另一个世界的东西，哪怕是晦暗不明的，也不被人忽略。不觉想起网上那个写着“祝抄袭我文者得癌症！”的文字，虽有些残酷，却有着杀毒软件之于病毒的功效。想起“不随地吐痰”被写入电梯的“温馨提示”却不奏效。一日，电梯里写满了“吐痰者死全家！”于是吐痰的现象大大减少，是诅咒起作用了。总之，我们来到黄氏宗祠的时候，还能看见梦一般的田园景色，深感宽慰。大片的草坪延伸开去，一直延伸到茂密的遮天蔽日的森林王国，参天古树接天连地，各种古藤虬结遒劲，也就是所谓的风水林。宗祠安然地坐落在大片的草坪中央，一头牛悠闲地卧在附近，一群肥肥的白鹅摇摇晃晃地走过，几只白鹭从天上飞过……这些飞禽走兽似乎与这样的古建筑更相宜，它们是那样安然妥帖。

20 世纪六七十年代，宗祠成为上山下乡知识青年的居住地。改革开放初期，又恢复宗祠原有功用。后来由台湾各地黄氏宗亲捐资重修，现存建筑依然保持清代风格。是的，有些东西是需要保护的，保留完好的森林与古祠是一座容量巨大的博物馆，一个历史的器皿，承载那些消逝了的人与往事。宗祠门前有一月牙形泮池，来的人必须涉水而过，就多出许多的诗意与梦境。同时，一个宗族盘根错节的脉息与宏大叙事也融在其中了。那一月牙形泮池，更像一个时代的分界线，现代与古代的分界线，透过时光的云雾，涉水而来，仍能看到一些看不见的东西。

肿瘤

肿瘤科住院部是一座三层楼的旧楼房，那种 20 世纪八九十年代的红砖砌成的楼房，夹杂在医院后来盖起来的现代建筑群里，显得很矮小很无奈。进入肿瘤科住院部，顿时感觉一股冷气侵来，那冷气不是来自中央空调，不是外面自然的冷风，像是从另一个世界来的，心里立马笼罩着幽暗的阴影。无论你从多么灯红酒绿的地方多么喧嚣的地方来，走到门口就立马肃然起来，连门口的树也显得肃穆庄严，不由得让人联想到重大的人生问题，当然在这里想到的重大问题必是与死亡有关的。每次从肿瘤科这样的地方出来，都像是逃离。匆匆地在门口按了按消毒液喷剂，匆匆地擦在手上，不敢大口喘气，大步疾走直至融进喧嚣的街道，才使劲地呼吸起来，一辆汽车正在我身边发动，我也顾不上汽车尾气了。

这是我这一个月以来第三次来这种地方了，我和一个朋友来看望我们共同的老熟人 K。K 因肺癌住进这家医院肿瘤科，一发现就是晚期了。第一次来 K 就已经是病入膏肓的样子，深知自己不久于人世，他渴望再见见我们这些老熟人，看得出他是那么地留恋他所认识的一切人。痛苦使他坐卧不安，我顾不得传染的危险，我双手握住他的一只手，我为他祈祷，祈祷他不要那么痛苦。那个时候 K 还能说话，他很吃力地看着空空的病床上空说，那个滚动的球又来了，K 的妻子马上斥责 K 说："又胡说八道了！"然后 K 的妻子难为情地看了我们一眼，那一刻 K 痛苦地申辩说他没有胡说。我至今还记得 K 的神情孤独而决绝，我真想对他说，我是相信的！可我还是没有勇气说出来，这是我至今很后悔的一件事。第二次来，他住过的那张病床已经空了，我心里一凛，知道不好，问过护士值班台的几个护士，果真 K 已经去了我看不见的地方。我扑了一个空，我站在那里愣了很久，深深自责自己拖拉的坏习惯。据说 K 最后是窒息而死的，我想起 K 活着时总是一根接一根地抽烟，就叹了一声气，感叹生命是需要珍惜和爱护的。

可是我怎么也想不到肿瘤会与 L 有关系。L 看上去身体很好，面色红润，且没有不良嗜好，可以说生活习惯良好。这么多年 L 一直是精力充沛的，无论哪一方面都是我学习的楷模，也是让我艳羡的，L 堪称社会概念中典型的有福之人。他的幸福是那种均衡的幸福，自己事业有成，且德高望重，妻子贤惠美丽，儿女亦是优秀。太突然，我听到这个消息的时候，像被当头棒喝，哗啦啦这世上的一座幸福巴别塔倾颓了。他身体的外强遮蔽了他的疾病，让我知道，"看见"是一个怎样虚谎的词。

L 说前年体检还好好的，若不是本次体检发现，还真不知道。那看不见的，连感觉也没有的，像撒旦安装的一枚定时炸弹。谁也不知道肿瘤是怎样在两次体检的间隙里偷偷地长起来的。但已是万幸，因为肿瘤界限分明，手术效果还是很好的，撒旦的定时炸弹被成功拆除了。还是祈祷吧，祈祷那看不见的未来是安宁的美好的。

载《散文》2018 年第 4 期

伤别离

诗人之死

我不知道我该不该用“凑巧”来说这件事。

我在2009年1月3日跌了一跤，其实这些年我不止一次跌倒，可我单单记住了1月3日这个日子，不仅仅因为这一跤跌得我痛不欲生，还因为两年前的这个日子，2007年1月3日，我的恩师蔡其矫逝世。1月3日，一个黑暗的日子，与天气无关。这叠加的痛，便于我这样因多次手术麻醉而记忆衰退的人记住。

说起2007年1月3日那天，先是我阳台上放置多年的桌子跌了一跤。桌子的一条腿不早不晚就在那一天折了，桌子轰然倒塌，桌上的纸箱被甩了出去，纸箱里我的诗集《漫过水面》倾倒一地，那是蔡老为我作序的诗集，当初我并没有想到冥冥之中有什么含义。诗集大多已被我卖给收废品的了，这让我汗颜的诗，很是后悔当初怎么就把这样的诗结集出版了呢，也许，不断否定自己本身就是一个写作者应有的态度，只是我态度决绝。手下留情的这最后半纸箱就是因为有蔡老作序。蔡老的序一开篇就写：“一个女孩子，出生在山东青岛，八岁随军人父母来到福建东南沿海……”我现在早已越过“女孩子”的阶段，甚至已从被称为“女人”的阶段步入“没了性别”的阶段。常惊觉自己一事无成，于我这把年纪，要么已功成名就，要么停笔偃墨，而我仍执迷不悟不甘停笔，亦是不想辱没如蔡老这般鼓励提携我的恩师们，虽然一跤一跤跌得我心灰意懒。我收拾残局，俯下身一本一本地捡拾起这些诗集，一边捡一边就想起前些天听人说蔡老病了，待要问明情况，说的人已不知去向。就想，那一定是小病，蔡老的身子骨一向硬朗。直至网上他驾鹤西去的消息尖刀一样刺进我的眼帘，我才怔住了。消息说他于 2007 年 1 月 3 日凌晨去世，我的诗集轰然落地也是 2007 年 1 月 3，我这时才悟出，那一定是蔡老在冥冥中向我告别，用天界与凡间特有的交流方式告诉我，他要远行，不再回来。

只是他离去得太快，快得让我觉得不真实，我更不能相信他脑子长瘤这件事。那年夏天，他专程来漳州，我和安琪、康城和一位《厦门日报》的记者陪同他。蔡老一下子就把一个蜜柚掰开了，哪像一个 80 多岁的人呀？我真不敢相信他就这样走了。不，我更愿意相信他是在《答》里写的那样：“让我化作一片云……”他是那么热爱旅游，就像热爱艳遇。他说过西方一位诗人的话：“旅行就是艳遇。”他曾七次单独考察旅行，足迹遍布大半个中国，远远几倍于徐霞客。在 80 高龄时，还独自一人奔赴新疆、西藏这样的地方，留下了大量的游记体诗，乃中国诗界的壮举。他一定又发现了一个好的去处，一个突然的期望和一个想飞的冲动，使他化作一片云遨游天宇去了，他要去的地方一定很远，衰老的躯壳太沉重了，他必须撇下它轻装上路。我在为他的躯壳悲伤的时候，他也许正玩得开心吧？一路上可有艳遇相伴？是否又照了许多美人照？每次旅行途中见到美丽的女孩，他都主动请求拍张照片作纪念，旅行归来就把她们集成集子，如数家珍地拿给人看。他活得多么率性和真诚。这样想着，眼前便浮现出他穿大红衣服在诗歌朗诵会上，激情豪迈高声朗诵：太阳万岁！月亮万岁！ /星辰万岁！少女万岁！ /爱情和青春万岁！是的，他喜欢穿大红的外衣，这跟他强烈的情感很般配。蔡其矫的一生都在爱着，因为他的爱多。有人说他爱少女，有人说他爱美女。他对我说过他崇拜女性，他说过一位苏联作家的话，大意是上帝呀，你没有在男人的腹里放置一个婴儿，所以男人不能像女性那样温情和善良。所以我以为他崇拜的女性不仅仅是外表的美，所有美好的女性他都崇拜，他为此付出了昂贵的代价，留下了无数传奇般的故事。有人说他的游历和情爱故事连李白和柳永天上有知也会自愧不如。

蔡老每年春夏期间都从北京回来，在泉州和福州各住一段时间，我们常有联系。那次我在电话里说给他用快递邮了一箱雕刻好的水仙花去。他非常高兴，说明年的夏天一定来看我。没想到这就是他在世间跟我说的最后一句话，是诀别。其实这个世界每天都有死亡发生，战乱、空难、车祸、病痛，甚至谋杀，每天都要带走一些人，这样的消息互联网上比比皆是，在我这把年纪，又曾在医院工作过，算是看过听过无数的死亡。但那大多是不相识的人，有悲伤却没有震惊，我承认我的麻木。就好像看司空见惯的旧场景。但是，对于亲人熟人的离世，都带给我震惊，就好像发生了不该发生的事，好像他们就该永远不死似的，这绝不仅仅是感情上的不舍，也就是说，在我的潜意识里死亡和亲近的人没有关系，说明潜意识里愿意亲朋永生，至少也要寿比南山，以至每每亲人熟人离世就受不了。

大樟，按说也不算熟，见过两次面。第一次是在一次采风中，第二次是参加他们文学院的学习班。那天晚上，我们去文学院报到，在那个短会上，他作为我们这个女作家班的班长（我心里还调侃他是党代表），会上他只说了一句话，就是让我们把分发下来的表格尽快填好交给他，他要存档和做通信录用。就是这一句话，使一个人的音容笑貌完整而迅速地被整合起来，亲近地带着些许福州腔的国语，仿佛我的耳根还热着。可是，第二天早上就听到噩耗，一只无形的手残酷地把一个年轻人的音容笑貌打碎。忽然就说他不在了，那么好好的一个人，那么帅气的小伙子，你再也看不见他，听不见他，以至于我要不断地提醒自己，那个昨晚还坐在角落里的，说着话的男孩，那个本名陈让笔名大樟的男孩，他走了，永远地走了。听说连120救护车还没等来就去了，这样急促的脚步像是逃离一个苦难的世界。脑出血这恶魔连这样年轻的生命也不肯放过。我的朋友前不久也是脑出血，在ICU病房待了好几天，总算保住了性命，半边还瘫着，没有知觉，于是她痛恨她在这世上只剩半个身子。可是这位年轻诗人连一片羽毛也没留下，消逝得如此彻底。那个春天因为他的离去而季节倒错，含了冬的凛冽。雨，一直下着，让你觉得雨水和泪水是一码事。我重读他的诗："但别离不再是强加的伏笔/那些花朵不幸被谶言一一击中/相遇、梦和春天一点一点远去/你最终也远成了无法触及的空。"我竟然读出一身的冷汗。

欣慰的是，诗人去了，诗歌永存。

我的大舅走了

母亲对我说："你大舅走了！"我大舅是我母亲在世上最后的一个娘家人。母亲这边的，她这辈的亲人里除了她就都走了，母亲是被她的家族空出来的一个人，那是一种令人难以承受的盛大的空。国家大阅兵后，母亲总说，要是你大舅还活着就好了，要是你大舅还活着也能享受抗战老兵的待遇了，母亲无比惋惜地说着。我大舅是参加过抗战的国民党老兵。几十年了，母亲第一次坦然地谈到大舅的身份，还带着点荣耀。可惜大舅没有活到那个时候。

"走了"，是干休所我父母亲那帮老人们嘴里频繁出现的词，且越来越出现怆频繁，简直就是加速度了，让那些还活着的没走的老人们多少有些凄怆。我母亲是个无神论老人，一个唯物主义者，据说彻底的唯物主义者都是无所畏惧的，也许是并不彻底，也许是对生命的敬畏，也是不肯直接说出那个“死”字的，竟然用“走了”这个已然关涉灵魂的词。无论人们明天的生活将走向何处，无论明天将出现怎样的词，无论网络再制造出何等时髦、前卫、华丽的词，都不能取代“走了”这个词。“走了”，这是个注定要出现在明天的词。虽然死亡有很多种叫法，升天了、千古了、上路了、去土州了、去黄土县了、驾鹤西去了、仙游了……这些都比“走了”更有诗意，但都不严肃。那多半是年纪还轻的、自觉离死亡还远的人调侃的轻松话，我母亲就只说“走了”一词，她语气平静、神情严肃地说，不到她的年龄是不会完全理解这个词的分量的。“走了”是一张人生底牌。“大舅走了”这句话，总让我猛一愣神感觉大舅是先到了某个地方，一个总能等到我们的地方。“走了”是一个主动词，含有对死神的轻蔑，似乎“死亡”是一个自己主动发起的行动，有阿Q精神胜利法。

可我却阿Q不起来，我知道这噩耗的时候大舅已经火化。也就是说，大舅走了几天后，母亲才把这噩耗告诉我。那天是周末，我回父母家，母亲对我说：“你大舅走了！”母亲用平静的语气表达了一个严重的内容，那本该给我晴天霹雳的感觉，就只是晴转多云了。母亲的语气平静得甚至都不能用上感叹号了。母亲平静地说出她最亲近的人的死，而我比母亲更平静。我什么都没说，我能说什么呢？我的悲伤加无能就是我的沉默。我已沉默太久，在我大舅还活着的时候我就沉默了，在母亲的眼里我一定是个绝情的人吧。我的大舅更是要这样认为吧，因为我已经好多年没见过大舅了。这些年我甚至没有给他打过电话，我曾经要去沈阳玩，也是想去看他。母亲说他住在很偏的地方，不好找。我这样的路盲也就不敢贸然前去了。后来的这些年我的腿一直不太好，如果我给大舅打电话我说什么呢？我还能给予大舅什么呢？说我腿受伤不能去看他？只能平添担忧吧。我知道母亲每星期都要给我大舅打电话，我也就感到安慰了，也就不需要我了，于是我就沉默了。

我原以为，大舅走了，母亲一定会承受不了的，至少会号啕大哭。也许，在她刚得知这个噩耗的时候，她号啕大哭过，那时我不在家没有看见罢了，但我从她表情上推测，不是这样的。谁知呢，也许在此之前，母亲心里常常因这个问题风声鹤唳呢，也许就是她把那巨大的痛苦提前支取了，渐渐地倒练出了一番平静。我对母亲的心理推测来自母亲家里的鱼和鸟，母亲家里养了两只色彩斑斓的虎皮鹦鹉，用一个鸟笼装着吊在院子里，它们上蹿下跳很活跃。屋里的桌上还养了一缸小鱼，也是色彩斑斓的，用母亲的话说就是"金翅金鳞"。后来鸟儿死去一只，剩下一只孤零零的，不再是活泼的了，常常一个姿势保持很久，有时勾着头偏着脸闭着眼，不知是真寝还是假寐，叫声也显得凄凉。再后来鱼也死得剩下一条，悄没声息地游着。父亲说它们太孤独了，父亲几次说要再买些鸟买些鱼来给它们做伴。母亲对父亲的这种怜悯很不以为然，母亲理直气壮地说，人到时还得孤独呢，何况鸟和鱼。母亲的话不无道理，夫妻两人总要先走一人。母亲一定是要让这鸟和鱼经历孤独的考验，以此削弱对死亡的伤感。

大舅生前一直住着简陋的房，每当想到这个，我就渴望有钱，就在心里做发财梦，心想如果我有了钱一定为大舅换套大点的房。我小时候大舅最爱我，就是他不爱我我也会爱他，因为他是世上最爱我的人——我姥姥的儿子。可是我的经济一直停留在"如果"的状态。现在梦也不用做了，大舅去了不需要房子的地方了。

早年，大舅还常来我们这里住住，每次都是冬天来，因为福建的冬天暖和。大舅来到我们这里就像略过冬天直接迈进春天里，看着我们这里冬季的花花草草总是赞叹不已。我是在大舅的赞叹里才懂得珍惜我们如春的冬季。大舅过了冬才回去，所以大舅来来回回就省略了一个冬季，多了一个春季，大舅把两个春季连起来过。后来大舅年纪大了，母亲担心路上有什么好歹，就没再接他来住。但母亲借助现代通信工具，还是能常常听到他的声音。

母亲每星期都给大舅打一个电话，这个习惯雷打不动地坚持了好多年。大舅是家里的老大，母亲最小。于是大舅总说母亲是家里的“小不点”，每当这时，我总是把母亲想象成小孩儿的样子，可我从没见过母亲的孩提时代，连照片也没有，而母亲的老却随着时间的推移越来越意象突出，这让我的想象很吃力，好像她一出生就老了。就如同我无法对一个小孩儿推想他老了的模样。但母亲的声音帮助了我，母亲在电话里总是“哥呀——哥呀——”地拖着长腔，声音也一下子变得年轻起来，还真有点像小女孩。母亲从来没有用这样的语气与我们说话。我总在想，人活到这个年纪还有个哥哥撒撒娇就是幸福的。大舅走了，这世上再没有我的大舅了，死神把大舅留给我母亲的声音也带走了。一个人活到父亲走了、母亲走了、姐姐走了，最后哥哥也走了，一个人活到这个时候该是怎样的忧伤。我想安慰母亲，可我不知该说什么，我是那么的无能为力。

我家三个孩子里我对大舅最有感情，我小时候被寄养在山东老家，大舅在沈阳，他常回家看他的母亲，也就是我的姥姥。大舅从来没有对我发过脾气，其实，从我记事后，我就没见过大舅对什么人发过脾气。一个因为国民党军人身份在“文革”中被斗惨了的人已经不会发脾气了，似乎神经系统已经屏蔽了人性中的这个功能，似乎大舅在这个世界上就只配点头哈腰了。

大舅写一手好字，在军队里当过文书，最后当了师长文书，并且得到师长女儿垂青，在逃往台湾的时候，大舅的一只脚已经搭上了船，因为思念母亲，他又把那只脚缩回来了，从此他的人生就一直在退缩，卑微地走完了他后面的人生路。这有点像作家赖妙宽《父王》里的主人公杨二福，杨二福本来也有一次改变命运的机会，他那天已经跟着红军走了，忽然想到他的菜筐还撩在河沟沿，就转身去取托人带给母亲，不料他就此赶不上队伍了。大舅来我们家的时候，一次我们全家去酒楼吃饭，服务员递上热腾腾的手巾，大舅起立躬身，不迭声地说："谢谢谢谢！"搞得服务员也不知所措。我们笑他也责怪他。他于是更加不知所措了。下次他就不再这样，很谨慎地克服了他习惯性的点头哈腰。他说，不能给我们丢脸。我无法想象若是大舅活过大阅兵后，享受抗战老兵的待遇，那他将会怎样的不安呀。大舅也有骨头硬的时候，那年他去韩国他父亲那里，也就是我从未谋面的姥爷。那时姥爷在韩国经商，做到他们那个区的中华商会会长。姥爷有个小老婆，小老婆生不出孩子，想让大舅留下来做她的儿子，她为他做新衣，为他买东西，想让他叫她一声妈。大舅就是不肯。姥爷便发脾气骂了大舅。大舅一气之下就跑回山东老家。大舅无论是软弱的时候还是骨头硬的时候做出的抉择都和富贵无缘，他无缘成为韩国富商，无缘成为台湾军官的乘龙快婿，他似乎就是注定的穷命，因为大舅太爱他的母亲了。

大舅年轻时是那么的帅，因为皮肤黑，就有了"黑美"的雅号。那年他穿着国民党军装在沈阳大街上走过，被一个资本家的女儿一眼相中，后来真的嫁给了我大舅，成了我的舅妈。这又为他"文革"一劫添了砝码。当初舅妈家里不同意这门亲事，因为我姥姥家已经很穷了，战乱与外面音讯不通，经济来源得不到接续，大舅的战友们就弄来很多东西，大包小包地放在房间里做排场骗过舅妈家里人。后来舅妈问大舅，那些个大包小包都是些什么东西？大舅说他也不知道，场面过了，东西都物归原主了。舅妈曾说起过他们的相遇，说那天阳光在大舅的脸上流过，她看到了一种美，一种君临一切的男性之美。可是现在，死亡君临了一切。

大舅走了，我的母亲更寂寞了，谁也不能替代母亲心里的忧伤。那一刻我记下了母亲的心痛，母亲的心痛是那种暗自神伤的，“暗自神伤”是一种静悄悄的痛，看上去很平静，说破了，那是一种无可奈何的心痛，一种有思想准备的心痛。而我的心痛似乎无处可觅，又似乎处处都在，在这个冬季的花花草草里萌发……

载《福建文学》2017 年第 8 期

护工

潘莲枝

初见潘莲枝，我有些目瞪口呆，她太美了！她的美出现在这里就有了侵略的意味。

潘莲枝初入此行，是我的第一个护工，我是潘莲枝的第一个病人，我第一次做膝关节手术。她混迹在恹恹的病人里和面容平庸的护工里，显得不太真实，恍惚以为演员来体验生活。夜幕降临，她披着薄风衣为我端水端尿，朦胧的身影又像聊斋里那些从什么物件或什么动物变化而来，她的美便又带了些惊心的成分。总之我觉得她不是做这份工的料。

我们都属于好相处的人，很快融洽起来，我说，潘莲枝你好漂亮呦，她就马上说你也很漂亮呦。她见我举着镜子感叹这里那里没长好，就稍稍尖起细嗓门："哎呦，美中不足呀！"起初我不明白她的意思，后来知道她是说我已经长得不错了还不知足。不知道是不是受了"身在福中不知福"的误导，她说得理直气壮，我只能哈哈一笑。潘莲枝来自江西，她说她跟老公吵架后偷着跑出来做工。她说得轻描淡写，我以为她会很快破镜重圆，倒不是想到鲁迅关于娜拉出走那样的问题，我更愿意想到门罗的《逃离》，社会的人性的复杂，不只是金钱可以解决的。我们萍水相逢，也算得上患难之交，我跌倒了，她不也跌倒了吗，我是在身体上跌倒，她是在婚姻上跌倒。“跌”字由“失”与“足”组成，所以跌倒也叫“失足”。“一失足成千古恨”就是指人生路途上的失败与挫折。跌下悬崖还是跌倒在地，或是破产从富到穷或是从领导地位到阶下囚，等等，不是体位改变就是地位改变，无论体位还是地位，都是从高到低。我和潘莲枝就是在人生的低处相逢。

潘莲枝是我打电话从护理站请来的，这家护理站名声在外，护工都经过严格的上岗培训和体检。护理站工作人员亲自将潘莲枝送来，第二天又专程来了解情况，问我对潘莲枝的工作满意不？我说很满意。护理站这样郑重其事，让我觉得护工是一件重要的工作，本来也是嘛。

术后第一夜是很折腾人的，我被疼痛与说不出的难受折腾了一晚上，潘莲枝就被我折腾了一晚上，她一会给我揉背，一会给我喝水，一会给我端尿，一夜没合眼，始终和颜悦色，毫无怨言。给我洗脚时，她的纤纤玉指深入我所有的脚趾缝，一丝不苟。有潘莲枝的细心护理，我恢复得很快。

潘莲枝除了去买快餐和打 IP 电话（那时候手机还没有普及），其余时间都陪伴在我身旁，那可真是 24 小时陪护，不像后来的护工每天都要离开几小时。我做康复运动时，她就在旁边认真地看着表数数，让我觉得现代社会服务业已达到能使鬼推磨的程度。潘莲枝打 IP 电话是打给她的孩子，她有两个孩子，大女儿正读小学，小儿子还在幼儿园。

我住的是两人间病房，另一个床的病人晚上总是偷溜回家住，于是病房里常常就我和潘莲枝，我们就疯起来，唱歌，大笑，惹得值班护士来警告。潘莲枝很开心，说遇见我这个病人很幸运。应该说，我们遇见对方都很幸运。就在我们的关系更融洽时，我得知“潘莲枝”不是她的真名，她没有告诉我她的真名，只说她姓徐。她出身贫寒，因为美貌嫁了有钱的人家，丈夫很爱她，却疑神疑鬼，总怀疑她跟别的男人好，后来发展到拳脚相加。那天丈夫又发飙，潘莲枝正在削水果，竟用水果刀捅了他一刀，见血滴在地上，又见丈夫去厨房操刀，家人来拦阻，她乘机逃出来，她做了假证件到护理站上班。后来潘莲枝得知她那一刀无大碍，丈夫的伤口业已复原，且原谅了她，正在寻找她。她忽然害怕起来，她不想回去。知道这件事后，我再看潘莲枝就不一样了，我心里多了点什么，她的冲动和敢于动刀让我心存芥蒂了。我多少有了些戒备，关系不像以前那样随便了。虽然我内心为她开脱，说人都会狗急跳墙的，还说她可能正值月经期，有报道说美国女杀人犯杀人大多在月经期间，和激素分泌有关。可我依然不能说服自己。我恢复得很快，拆线后就能走着出院。她希望合同期到后还能继续留在我家做工，工资可以减少，这本来也是我的愿望，我还没好利索呢。可是我不但没有续用她，还提前让她回去了。

我再也没有遇见像她这么漂亮这么好的护工了，那个时候我还没接触太多护工，还不知道，找一个好护工有多难。

亚惠与亚花

亚惠与亚花是我第二次膝关节手术期间请的护工，一听名字就是典型闽南乡村的女人，她们是先后出现的，亚惠在先亚花在后。先说亚惠，这次请护工没第一次那么幸运了，遇人不淑是内因，外因是护理站的撤销。护理站撤销让我很吃惊，工业产值持续提升，经济高速发展，而某些方面却退步了，护工没人监管了，无组织无纪律了。也不能说他们无组织，这家全市最有名的医院的护工大多来自附近乡村，都是整村整村的，他们结成帮派争抢地盘。这些小团体形成不可小觑的力量。我先是托骨护士长帮忙找护工，护士长打了一通电话说找不到人，我很快想起原骨科一位护士调到眼科当护士长，跟我关系不错，兴许她有办法，于是我给她电话，她果然一口应承。正巧刚才在骨科护士长身边的一好事护士，路遇亚惠就告知她，说护士值班室那里有人需要护工，于是亚惠就赶来了，亚惠匆匆的样子让我误以为是眼科护士长叫来的。

亚惠看上去灵巧精干，长得也不丑，身上有股很强的骄傲的气场，我想这也许是她丰富护理经验的外在体现，反正我是一眼相中，喜出望外。心想，没有护理站也不是不行的。正庆幸自己的顺利，眼科护士长叫的那个护工也来了，一个看去有些呆傻的老女人，两眼间距离特别宽，话都讲不清楚，我心想不知道谁该护理谁呢。她和她老公一起来，她老公精明着，死活不依，说是从很远的地方搭车赶来，若不雇用，就要我出车费、误工费、违约费。当时我脑子蒙了，忘了我有选择权，正在我们吵得不可开交，斜刺里杀出亚惠的两个护工朋友，他们的拔刀相助，让对方气势大减，亚惠这边人越积越多，可以说是一个团体的力量，相比那夫妻俩就是散兵游勇了。吓得我还是掏钱息事宁人，也并没有宁人，那对夫妻说我的钱连路费都不够，幸亏一护士赶来调解，说让家属做决定！双方才散去。还是护士有震慑力。

我没有看错，亚惠果真是个资深护工，她用轮椅推着我做术前的例行检查，穿梭往来于各科室轻车熟路，人脉也熟络，和导诊叫号的聊着天，和心电图室的清洁工打着招呼，什么心电图呀、超声波呀各项检查就做下来了，我怎能不庆幸有亚惠这样的护工呢？

术后第一夜像过鬼门关，缠着绷带的腿压着冰袋，依然不解疼。那一夜我的腰身疼痛麻木到不能入睡，忍不住叫醒亚惠两次，让她扶我起来坐，让她给我揉揉腰。第二次，亚惠就耷拉着脸不高兴了。我其实除了第一夜，后面算好护理的，只输三天液，且我住的病房是两人间，有电视看。我来时就只剩下这间病房，住不起也得住。

当初拔刀相助的两个护工朋友，其中一个看得出来，是这帮护工的头儿，膀大腰圆，天天来和亚惠搭讪，抛媚眼，不轨之心昭然若揭，我看不出亚惠的态度，不冷不热风平浪静。亚惠游刃有余，她和丈夫与这头儿，还有头儿的胖老婆都相处自如，我不禁佩服起亚惠来。

亚惠除了吃饭时间每次要离开一小时外，晚上也常常请假回去很长时间。她和丈夫都做护工，就在医院附近租了房。后来她离开的时间越来越长。同病房的病友和家属都看不惯，几次我憋尿都是同病房病友的妻子帮忙端尿。作为感谢，我把我的牛奶、肉干、面包送给她。后来，出院后他们一大家子进城，中午到我家来，我就在酒家宴请了他们一家子。过了几天我又接到她的电话，就直说要来吃饭，无奈我那时还做着房奴，就借故推辞了，如果当初亚惠能尽职一点，我也不会落下这人情。

亚惠的长久离岗，连护士也看不下去了，她们终日不见她的踪影还以为我辞退了护工。后来有个耿直的护士训斥她，可亚惠一脸的老油条。最后我终于忍不住，说了她："你怎么去了这么久……"这下我是摸了老虎屁股，没想她一下子翻脸，提出辞工。我一下慌了神，说那你也要等我找到新护工。也许见我这样很少人来探访，她就更放肆了。我定了定神想，反正钱还没付给她，谅她也不敢把我怎么样。

亚惠确实没把我怎么样，她只是臭着一张脸，一会说有新主顾要雇她，一会又说以前的老主顾来住院还要她护理，让我赶紧找人，态度越来越决绝，且做什么事都浮皮潦草，我的碗筷上面爬着蟑螂，她就那么拿给我，也不烫开水。虽然钱在我手里，我也不敢说了。我想起一个朋友说一护工背地里在得罪她的雇主菜汤里吐痰。我越想越怕，看来不赶紧找人是不行的了。

我先是央求科里的护士为我找新护工，却一直找不到。这里都是亚惠这一帮人的势力，她有老大罩着，我跟她闹僵就是跟老大闹僵，就是跟一整帮人闹僵，谁敢来护理我？先前向我要误工费的那对夫妻忽然出现，尤其是那个男的频繁从我病房门口过往，露出幸灾乐祸的眼神。情急之下，我想起在另一家医院工作的老同学，赶紧电话托她帮忙找。两天后老同学在电话里吞吞吐吐地说找到了，只是不知那人行不行。我说哎呀我都火烧眉毛了，你还要查她是否三代贫农全家党员不成？快把她叫来吧。于是那个叫“亚花”的护工就来了。我自己都搞不清自己，也许是慑于强大的势力，也许是要缓和我们之间的关系，算钱时我竟然多给了亚惠一些钱，这一点也没感动亚惠，她拿了那多出来的钱一点反应也没有地离去。

亚花刚来的时候也让我很满意，很有点任劳任怨的样子，尤其喜欢笑，虽然笑起来一整排上牙连着牙床全龅在外面，如果说潘莲枝是我见到最美的护工，那么亚花就是我见到最丑的护工，然而，在这里品德的美远比外貌的美更吸引人。但没过多久她就变了，她跟这一伙儿的护工接触了，亚惠一伙不知跟她说了什么，看来我无法摆脱亚惠的阴影。

亚花开始抱怨这抱怨那，抱怨工钱太少，离岗时间渐多，快跟亚惠有一拼了。在岗的时间也大都耗在电视剧上，她特迷韩剧和死猪不怕开水烫的泡沫剧，另一床病人爱看武打片，飞来飞去的那种，搞得我头昏脑涨。好不容易抢到遥控器，点开久违的百家讲坛，亚花见我目不转睛地盯着电视上不帅也不年轻的教授看，便心急火燎义正词严地说：“老头讲话有什么好看！”我被搞得哭笑不得，只能乖乖缴械，谁让我受制于人。亚花越来越不像话，我让她给我倒杯水，她就说对面病房的病人从不讨水喝。我要撒尿，她又说，尿多其实是一种败肾的表现。我真想大哭，我想念潘莲枝。另一楼层病友跟我隔壁床是老乡，常来串门，他说知足吧，很多护工没有家属监督，都虐待病人了。我惊叹，护工成了虐工，这钱花得冤！那时候，广州还没出现那个杀人的保姆，否则也就见怪不怪了。

好友珍来探访，珍见亚花如此懈怠，便火冒三丈，说她长得那么丑又不善良！我扑哧笑了，好像长得漂亮就有资格不善良。珍说你还笑，你看你都成什么样了，俎上之肉了。我让珍熄火，我说你别，你要是把她赶走谁护理我？珍便长叹，说我们的孩子都是独生子女，若不在身边工作，将来免不了要请护工，国家不监管这一块儿怎么办呀？从此，珍便有了后顾之忧。

老妖

第五次跌倒，我被连夜送往一家部队医院，为我抬担架的人介绍了一个40来岁的护工，她一上来就用指头捅了一下我那硕大膨胀的膝盖，也许她以为是一个大瘤子。她下手有点重，我大叫一声把她吓到，那声音就好像是从硕大膨胀的膝盖里发出来的，不受我控制一样。她飞快地跑得没影，她在护工圈里传递一个消息，说来了一个不是大官太太就是大款太太的，脾气老大了！说她不敢伺候我。我以为我请护工的事又要陷入绝境，也许官太太款太太的效应就像“重赏之下必有勇夫”，所以勇女出现了，老妖就这样出现在我面前，于是我看到一个穿紫花衣红花裤的胖女人，一张大脸笑得比阳光灿烂。又听人唤她老妖，心想真是老妖了。后来知道她姓“姚”，她那群护工老乡故意取了谐音“老妖”的。

这样笑头笑脸的一个人，让我喜出望外。她果真勇女，竟开出天价陪护费，后来我知道像我这样的病人在当时的价是160元，最多180元，她竟然要我240。我们不了解行情，先生还给她订了一份饭，也是基于前面亚惠的教训，想这样她不必回家吃饭，可以多陪护我。她还怂恿我去开单间，看来她真把我当官太太或款太太，我告诉她单间我住不起，她有些失望，又说那就双人间吧。正好双人间的一个病人出院，我就住进去了，否则只能住走廊。她儿子电话里劝她不要当护工了，她用浓重的家乡话说："那也要等我护理完这个病人，很难遇到的……人好护理，价钱又高……"虽然她躲到门外，她的大嗓门还是让我听到了一些关键词，还好她没说"人傻钱多"。老妖的屁股坐不住，上午下午总得离开一阵子，老妖嘴也闲不住，那么胖了还是吃个不停，我刚住进医院，来看我的人比较多，水果就多，她毫不客气，吃得比我还多。老妖尤其爱吃甜的水果，我放进柜子里的黑加仑她总是惦记，见有人来看我就主动把柜子里的黑加仑拿出来请人吃，自己却吃得比谁都多，一只手不停地在果盘上来来去去，直至黑加仑消失殆尽。

手术前，基于第一次膝关节手术的经验，我让老妖给我准备面线糊，少放肉多放面线。还要备足冷开水，术前术后禁食禁水时间太长，这么长的时间不吃不喝，胃肠就虚弱了，只能接受流质食物，那时候也像"上甘岭"，若没备冷开水也是不行的。我的一再交代让老妖烦了，她说你放心放心！没有多少事的。确实没有多少，只要用点心就能做好。我又说，术后第一个晚上我可能比较难熬，到时吵了你，请多担待点。她很大度地说："没问题！"

我从手术室出来，非常庆幸没有前面 4 次手术后那样难熬，那个我吩咐装冷开水的大搪瓷杯已经放在床头柜的那头，我看着很安心。盼星星盼月亮地数着钟点过，六小时的术后禁食禁水期马上就到了，我让老妖先去楼下买面线糊，老妖带上饭盒撒腿就跑。我很受感动，想这老妖还是挺有爱心的。没想到老妖就像失踪了，买三趟都该回来了。钟点已过，那就先喝水吧，我伸手拿不到那个大搪瓷水杯，隔壁床女孩和她妈见状，一起奔过来帮我，可我万万没想到搪瓷杯被她们一下子高高举起，谁也没有料到搪瓷杯竟然是空的，老妖信誓旦旦，我先生临走前也忘了检查一遍，我简直要崩溃了。刚手术出来医生不建议喝矿泉水，我说哪怕先给我一口水润润喉，隔壁床母女俩忙不迭地给我从水壶倒了滚烫的水，又用碗倒出一点凉着。那一刻我真想诅咒老妖。这时，隔壁床女孩的父亲告诉了我一个秘密，他说老妖是去买六合彩，说她每天离开那么久都是去买六合彩，去和赌友探讨六合彩。那一刻我忍无可忍。老妖终于回来了，她也知道她去得太久，所以劈头就解释说电梯很堵，鬼才相信半夜电梯会堵。我第一次对她发脾气，她也发了脾气，然后撂挑子不干了。我说，好，随你的便。老妖有个优点就是能服软，不一会儿，她主动从睡椅上爬起来问我要不要喝水，还为我按摩背。我是个容易心软的人，但心里还是不舒服。

那晚，电视正在播放歌曲："妈妈呀妈妈呀……"我憋了很久的泪哗哗地像开闸泄洪。我是为隔壁床那个苦命的小女孩流的，那个草一样的女孩。我想，有妈的孩子怎么也像一棵草呢？女孩从手术室出来已经很虚弱了，但她妈一晚上都在谩骂，她的父亲比她的母亲骂得更凶，看得出父亲怕母亲。小女孩半夜要撒尿都要叫很久。我很想跟女孩的父母说点什么，可我不敢，他们看上去那么凶悍。第二天一早，老妖就冲上去了，对着女孩的父母哇啦哇啦地说了一通家乡话，不知讲闽南话的女孩父母能否听懂，他们是农村来的，连普通话都听不太懂呢。老妖说的是孩子已经很乖了，你们大人要有耐心，要对她好一点……啊，那时我觉得老妖很可爱，她比我勇敢。有天晚上，女孩的父母出去了，我们才得知女孩的母亲不是她亲生母亲，是改嫁过来的。女孩没见过她的亲生母亲，她亲生母亲是她爷爷花钱买来的一个北方女人，生下她就逃走了。这个没有亲妈的女孩，让我想起萧红《呼兰河传》里的小团圆媳妇。女孩父母很晚都没回来，老妖就为女孩端水倒尿。我说老妖我出院以后，你还是要常来看看女孩有什么需要。老妖说会的。我说我出院时要给女孩一点钱，老妖说她也要给。那一晚，我和老妖紧紧拥抱在一起，前嫌尽释。老妖还说了一句："不打不相识！"

后来老妖拿着我付的工资变卦了，没有给女孩一点，但我走了以后，她还是去看过女孩几次，我还是很感动老妖所做的一切，不时地也会想起老妖。

载《鸭绿江》2017年第4期

一种有缺陷的生活

1

我曾一个人在动车站看书，在一群看手机的人群中看书，有点外星人的味道。那是我从长汀采风带回的杂志《古韵汀州》，一本县级刊物，封面上是路易·艾黎年轻时的照片，背景是长汀古城楼。这背景与艾黎是融洽的，人与背景都是饱经沧桑的、有故事的，仿佛血与肉的融洽。路易·艾黎，这个尽其一生都在帮助中国抗日的外国人，这个跑遍中国大江南北的新西兰人说过："中国有两个最美丽的小城，一个是福建的长汀，一个是湖南的凤凰。"于是长汀人感激他。我的眼睛湿润了。不过即使我失态流出眼泪也不打紧，我周围的一群人低着头看手机，没人注意我。这也是我的背景，这背景与我是不融洽的，这背景是时代的，洪流般强大，我是不入流的，是被出局的。

因为不看微信，常常受到朋友的指责，说加你微信你都不理，波浪没有，涟漪也没有！我说我不会上微信。微信横空出世，大火特火，而我却不会使用，不会用微信发文字，不会发图片发心情，不会视频聊天，不会查看附近的人、不会嘀嘀打车、不会定位导航、不会摇一摇抢红包。微信能干的事我全不会，错过了骂凤凰男骂孔雀女骂熊孩子，辜负了这个时代。因为不上微信，没有赶上朋友的聚会；因为不上微信，诗歌研讨会没有研讨我的诗；因为不上微信，没有及时收到稿费；因为不上微信，朋友手机换号我不知道。大到不能胸怀祖国放眼世界，小到不能对朋友的近况了如指掌。这个时代不上微信就好像骑着毛驴与动车赛跑，落伍到可笑的地步。

痛定思痛，终于补上微信这一课。晨起第一件事，打开手机上微信。上下一大溜的圆头红点，是有人发了新信息。红色是警示的颜色，警示我有 N 多的信息没看，有的都堆积了一百多条。有好友张三李四王五麻六等个体的，也有市作协、市诗歌协会、省散文高研班、众望书城、高中同学、卫校同学等群体的，这些个人或群体的人日夜不停地发送信息，蜜蜂般殷勤。“年度前十名段子”看不看？看！机智狠准的搞笑，一笑能解压，现代人压力山大。“吃了这个会阳痿、绝经、患癌”看不看？看！关乎生命，有什么比生命更重要？“再不看又会被屏蔽”看不看？看！太诱惑，况且机会稍纵即逝。“紧急提醒大家当心，骗子新骗局”看不看？看！这年头骗子太多太猖獗，隔壁女研究生刚被骗去 3 万元呢。滴答一声响，朋友圈的老黄瓜刚传上来一首诗，从诗歌网站转帖来以飨众文友。来得早不如来得巧，那就先看诗吧，都说诗歌是语言的精华，文学的皇冠，还有人说诗歌是从语言困境中拯救语言的救生衣，我很喜欢这句话。一直以来，当我写作散文语感不好的时候就会去读诗。那首诗是一个没有名气的诗人写的，看了两行有点感觉，可时间来不及了，手机玩得不好，不会微信收藏，但会转发，于是先转发到儿子的微信里存起来，等空闲下来再打开细看。就这样，早晨黄金的一个多小时大风般呼呼地刮走了。

迷迷糊糊下楼去买早点，路上看见家住一楼的张大爷，看见他身边另一个还是张大爷；再看卖早点的美女小安，另一个还是美女小安。我知道我的眼睛又重影了，即使重影还是坚持看微信，轻伤不下火线，又一条朋友微博横空出世:“真不能再玩手机了!最近视力下降的厉害,早上远远看见大横幅‘李宇春装B拉’!走近一看,原来是‘李宁春装8折’!去饭馆吃饭,夹起一块红烧肉发现好多毛,很认真地一根一根拔,等拔干净放进嘴里,是块姜!最丢人的是昨天,老远看见邻居二哥牵了条藏獒在门口,于是客气地打招呼说二哥,啥时候买的藏獒啊?二哥没答应,走近一看,是二嫂穿着貂皮大衣蹲下系鞋带呢!”看来都是微信惹的祸,虚拟的世界很真实,真实的世界很虚拟。

吃过早点,打开手机找回发给儿子的那首诗,慢慢品读:“喜欢一座城/喜欢一座城的城南/喜欢一座城的城南空地/喜欢一座城的城南空地上白色时光/现在,我只需要/一间不大的房子,够放一张床/做爱时可以穿越/那片白色的时光那个空地那个城南那座城……”,读着读着忽然冷汗淋漓,这是什么事呀,写点什么不好,非得写做爱,我怎么就把这样的诗发给儿子了?哎呀这叫什么事,多叫人尴尬,多叫人难堪。建议这一类诗都要标上“母子同读不宜”。想跟儿子解释一下,说什么好呢?说我不知道里面的内容?说我不是故意的?哎呀罢罢罢这只会更尴尬。哎,还是学会收藏吧,捣鼓了一会儿,就发现了路径,从“我”进入,就能看到那个“收藏”的标志,唏嘘不已,早知这么简单,就不会那么尴尬了,都怪我跟不上时代的脚步。

2

儿子在离我好几十公里的另一个城市上班,当初他在那里读大学,我就想他要是毕业了就留在那里上班好了,反正也不太远,可以经常回来,我也不用天天给他煮饭,多好的事呀。那时候我还没老,心还很浮躁。果然心想事成,儿子毕业后就留在那里了。现在我老了,我空巢了,才知道我为我的不爱煮饭付出了怎样的代价。

我老了，已经从被称为“女人”的阶段步入“人类保姆”的阶段。若还想与“女人”一词沾边，就必须冠以“老”字，谓之“老女人”，那还是不要的好。当我竭力去适应，努力使自己慈祥起来，并准备迎接孙子的诞生，儿子却说他不生孩子！声音不高，语气决绝，并微信转来他朋友圈老K的言论，老K还在当他的金牌王老五呢，他自然要说不生孩子好，说当下生存环境如此恶劣，避得了三聚氰胺毒牛奶、苏丹红咸鸭蛋、膨化粉面包、硫黄熏馒头，瘦肉精猪肉火腿、地沟油炸油条，也避不了恶浊的空气。我被五雷轰顶，许久才缓过神来，找不到反击的理由，遂恨恨地骂句：“不孝的东西，想在我这一脉成为终端？”

说句实话，当初我是多么感谢计划生育呀。若是能够选择，我也不想生孩子，可我的脆弱无以抵抗庸常生活对一个人的要求。老了才知道庸常生活里有真理，才知道有孩子真好。人生的许多彻悟皆在自身的体验之后，别人的经验永远只是别人的。否则，就不会出现历史的经验不断有人总结，却还是不断有人重蹈覆辙。有个时候我总是电话遥控儿子，我让他在单位要低调，不要出风头。我知道我在扼杀个性，有点像一个必须锯掉肢体的一部分才能保全生命的病人那样，我心痛，而且那是我自己都做不到的。我自己做不到的却希望儿子能做到，这有点蛮横，有点天方夜谭，但我是真希望他能做到，希望他在这世上少受些伤害，不要像我。向来，一个人担忧另一个人，最是精神负重，是最重的担子。一旦做了父母，便也加入这劳苦担重担之人的行列。

年轻时，我总是急于到达某个地方。儿子刚出生的时候，浑身湿漉，喘着粗气，像一个刚被救上岸来的溺水者，我忽然相信，他是从另一个世界涉水而来的。他让我感觉，要闯过生之门，非用大力气不可。抱着这粉嫩的肉团我总想什么时候才满月呀，满月了我又盼百日、周岁、上幼儿园、小学、中学、大学。我被岁月追赶着，赶着赶着就老了。现在我恍然，儿子已经远离我了，我又想着假如时光能倒流该多好。我似乎找不到那个最好的时间段，我越来越意识到我是有缺陷的。是的，一定是有缺陷的。在我还不老的时候，也许这种缺陷对我的生活并无大碍，没有造成威胁。在我无可奈何地走向衰老的过程中，这种缺陷就越来越凸显出来了。

我刚搬来这个小区，就很幸运地认识了几个同龄人，她们基本上不会用电脑，不会 QQ 不会网购，但她们都擅长广场舞，“你是我的小呀小苹果……”华灯初上，她们就组成大妈的行列，那样的自在如同鱼游入大海。她们在小区的广场上伸臂扭腰，没有几个人的舞姿有美感，却整齐划一，那是一种集体的力量，这种力量是被她们用来对抗孤独的。

我还是有点舞蹈天赋的，但我就是没法融入这个“广场大妈”的队列，有一种东西在阻碍我，这东西就藏在我的身体里，我身上和她们有着不一样的东西，可我不知道那是什么东西，就像电流，我看不见，但它是存在的，这东西暗流汹涌，我被裹挟而去，不由自主远离了她们，我就一个人，一个人在家里在书房里在电脑前。小区里 N 的儿子也在外地，儿子在网上帮她买家具，需要 N 把身份证拍照传过去，N 不会，急得热锅上的蚂蚁一般，到处找人帮助，可那天她认识的几个会上网的都不在，半路上遇见了我，问我会不？我说会一点，于是就帮她传了过去。于是 N 几次热情似火地拉我去跳广场舞，碰了几次壁就不再来了。

3

腿伤住院，两人一间的病房。同房病友的乡亲们常来探病，一来就是一屋子人，不住地抽烟，且能灵巧躲过医护人员的眼目，只苦了我的眼目，我的眼目被呛得直流泪。我想制止他们的行为，却没好意思开口。第二年又住院，我不敢再住两人间了，就住三人间，心想总不至于都抽烟吧？或许还能多一个监督的。那时正值初秋，隔壁床是只火鸟，一晚上开足风扇，且是最强档的风力。我是冷血动物，一晚上紧裹床单像个粽子，还是被吹得头昏脑涨。她还嫌不够，叫嚣着要开冷气，吓得我差点哭起来。另一床界于我俩温差之间，也反对开冷气，她才没开成。一天，与人谈话谈到将来老了怎么办？都是独生子女。有人说，就住到养老院去，两人一间或三人一间。我咬牙切齿地说："决不！决不！"

载《山东文学》2016 年第 4 期

植物在左，动物在右

大半年来，因为这腿病久久不愈，便一天天地落在了与人隔绝的孤寒中。

我躺在床上，注视着天花板、左壁、右壁、前墙、后墙这仅有的方向，我渐渐地成了卡夫卡圈养的那只虫。我重读《变形记》，那上面明明白白地写着："……萍水相逢的人也总是些泛泛之交，不可能有深厚的交情，永远不会变成知己朋友。"卡夫卡知道他那职业终有一天会让他变成一只虫子。也许他愿意，虫子是比人更能忍受孤独的，但也更难了，因为还留有人的记忆，还想做人所能做的一切。

孤独，除了卡夫卡知晓，还有一个人知晓，那就是我们的老祖宗仓颉，他比卡夫卡更早知晓。"孤独"二字，植物在左（瓜），动物在右（反犬旁与虫子），就是没有自己的同类。还有，那"孤"的偏旁，像是孑孓的暗示，也是虫子，蚊子的幼虫。繁体字"孤獨"更是具象，那"獨"字俨然一只被拘禁着的虫子。孤独就是自己已经不存在了，化成了植物、动物。

我忽然想起那种有点矫情的说法，说在人群中感受到的孤独才是真正的孤独，这种含着"众"的成分的孤独，终归是没有被剥离出他的同类的一种孤独，一种时尚的，早已被名人树碑立传的孤独，是尚未变成虫子之前的人说的。过去，在我腿脚健康的时候不也是这般人云亦云吗？就像有人说精神的痛苦有时比肉体的痛苦更甚，可是后来人们把“有时”去掉了，直接说精神的痛苦比肉体的痛苦更甚。有位作家说她不怕孤独，原因是她一个人在家独处了几天，过得很好。她摆弄小石头等玩物不亦乐乎。这就好像一个健康的人坐在轮椅上说他不怕坐轮椅，说他坐轮椅很舒服一样，那和下肢废了坐在轮椅上是不一样的。

好久了，连邮箱也是空的。久病，亲人和朋友渐渐疏离，这是没有办法的。一个人孤寂久了，就会冷，人们常说“一个人太清冷了！太荒凉了！”现在我终能体悟这话，那冷是从骨头缝里发出来的，是孤寒，非自然界的冷。我终于知道了人为什么爱热闹。人多了，闹闹嚷嚷就会热，所以叫“热闹”。我曾是那样清高地鄙夷热闹，窥视那诱人的独处。我原单位里的领导从正职降到副职，他门庭若市的办公室安静下来，门可罗雀。半掩着的门里，他在里面看报纸，放报纸的休息室正连着他的办公室，有一个边门进出方便。我知道这种状况对他来说是痛苦的，却让我羡慕得紧。

我问自己，如今这独处的光景不是我梦寐以求的吗？又为何千方百计地想要逃离？

那年，单位体制改革，40 岁以上就可以办内退，于是一大批的人办了内退，可是很少有人待在家里，我因为有执业药师资格证，他们都以为我会继续到药企工作，那时正值国家允许私人药企办药品批发业务，新开办的药品批发企业一定要有两个执业药师才能申报。我做过质管部门的执业药师工作，符合担任质量管理部门经理，加上我能电脑办公，于是就有企业来聘请我，我那时的创作状态极好，正渴望有一段安静的读书时间，所以我拒绝了。我每天为自己在书房的阳台放置一个水果盘，然后开始阅读，我觉得我幸福得奢侈，那段时间我看了近 100 本书。不时有人问我在家干什么，我说看书，他们便会感叹，说只有我受得了，换了别人还真没法忍受，我于是庆幸自己是少数能安享寂寞的人。可是好景不长，三个月后Z来聘请我，Z是一家药企老板，是我朋友的朋友，一个挺好的人，他即将开业的药品批发公司急需执业药师，Z估计两个月能过行业检查。我拒绝他的邀请，于是他给我开出全公司最高的工资，这足以让我在人前荣耀一把。Z看出我的犹豫，就大声对我说："大水淹到我脖子了，你就帮帮我吧！就两个月！"我这人有心软的一面又有虚荣的一面，这两点组合成我致命的弱点，于是我答应了。半年多过去了，由于各种原因，GSP的检查验收工作迟迟未来，几次辞职未果，8个月后，我坚决提出辞职，和Z谈了一个下午，还是没有结果，万事易进不易出，我真后悔当初没有硬下心肠，我又不能甩手走人，后来与Z达成口头协议，是再做满一个月，我也把最后的申报材料赶制出来了，就在这最后一个月里，我倒在了上班的路上，一辆运载"水玻璃"化学剂的车泄漏，"水玻璃"顾名思义就是像玻璃一样滑的水。许多摩托车滑倒，我亦在此劫中，这就是我第二次的跌倒。命运是蛮横的，炒谁的鱿鱼都无须商量。这一劫大大地改变了我的命运，虽然最后手术渐愈，但我的膝关节，就像打碎再黏合的杯子，已经不是原来的了，这给以后多次损伤埋下了伏笔。

此刻，在这最难熬的第四次的跌倒养伤中，这长久不愈中，那原先梦寐以求的独处生活，那曾经渴望的静态已面目全非。久病，那是一个怎样的静，从天花板、从四壁、从这个有限的空间挤压着我，我掉进了陷阱里，我触摸到了恐惧的深与黑，我再不敢说我是耐得住寂寞的人。这静与那静不同，同样的环境因状况不同感觉也不同了。安静、宁静、幽静、恬静这些字眼给人轻盈飘逸，不被打扰的好心情，好景致。那里面藏匿着盈盈的柔光。可这病榻上的静是旷野无人的静，是孕育恐惧的子宫，这静就要爆炸，像癌细胞的扩散。

我的日子多得像一堆废品。一天一天，不再是白驹过隙的，一切都在慢下来，如同过量的安眠药，让人一点一点地死去。梭罗在《瓦尔登湖》里说过这样的话："我听说，如果一个人在森林里迷路了，疲倦而且饥饿，躺在一棵大树底下，濒临死亡，因为身体过于虚弱，想象出错，就会觉得四周全是奇特的幻象，他还以为这是真的，于是孤独消失了。"看来，心身真是环境的主谋。

可是人又怎能像树那样面对孤独，我这条不肯循规蹈矩的腿，大部分时间脱离了地面，本来它们是远离生命核心的，被忽略太久，负重太多。病榻之上，这形而下的腿与形而上的部分成一水平线，甚至高过了形而上，高过我身体的权力中枢——心脏。医生说，患肢必须在高过心脏的位置，才有利于血液的回流。于是遵医嘱，一条伤腿君临于空中，那"空"是巨大的，那一分一秒是被稀释了的时间，这是我不能一个人面对的，我只有我自己，自己排出的毒气自己吸。蓦然回首，还是慢慢回首，灯火阑珊处一直空着，只能是一片空场。更多的时候我需要一面镜子的在场，于是我把镜子放在了床头，在生活里没有别人的时候，我必须常常把自己具象在一面镜子里，让散漫的自己具象，让自己生出另一个自己。我终于明白了芙丽达·卡罗为什么总是不断地画自己。这个6岁时因小儿麻痹症右腿残疾的女画家，在她花月正春风的年纪又经历了车祸，多处骨折，一根金属棒从左腹进入，由生殖器穿出，她奇迹般地活下来，后又做了多次手术，右腿被截。疼痛使她的感觉异常发达，她或许不愿让自己成为植物与动物，她是个与命运激烈抗争的女人，所以她画出镜子里的自己，这样她就拥有了三个自己，也以此证明自己不是一棵树，不是一只虫子。她不知道有一棵树正在她的身体里生长着，开出花来，那是她艺术的常青树。

仅仅是疾病让我活出了离群索居、与世隔绝吗？也许孤独在疾病之前就已是隐患了，中年后我很少真正进入谁的生活，跟人总有一种隔阂。我来到这个城市的时候已经不年轻了，这里，没有同学，没有亲戚。原来有的几个要好的朋友，有的去了远方，有的病故了，有的落在抑郁中，还有的反目成仇了。“亲朋”这个词像一个诱饵，我一遍遍地翻动那个有些破旧了的电话本，却不知该给谁打电话。我家隔壁新搬来一个和我年龄相仿的女人，她从不跟我来往，尽管我对她频频投去橄榄枝。我以为她是个孤僻的人，可有一天我发现她家里来了一群和她看上去同类的人，像乡村里的老阿妈，叽叽喳喳闹翻天。我以为是她乡下老家的人，她说就是我们这个小区里的，她晨练时认识的。我再一次知道我融不进她们，人以群分，我不是她们这个群的，我是一个没有群的人。我曾经庆幸我不会成为那样的老女人，那是一些社会生活之外的老女人。现在我是多么渴望成为她们的一员。

我不仅怀念起年少时的光景，我的友情大多存在少年和青年时代。我的童年、少年、青年都在军营里度过，那时的孩子成群结队，做什么事都有人做伴，从不缺少勾肩搭背的伙伴，从不知道孤独是啥滋味。“铁打的营盘流水的兵”，军营还在，却已物是人非了，我们都被那流水放逐了，天各一方了，那样的热闹不复有了。

后来认识的好朋友华也失踪了，我的手机喑哑，所有的短信都是天气预报，我感到恐慌。今天，手机终于响了，我像饥饿的人扑向面包，却原来是电信催缴话费的，我再也忍不住哭了起来。我躺在病榻上不住地想，我是不是得罪了华？可我不知道我哪里得罪了她，挫败感像蛇一样缠绕着我，我整日地仓皇失措。华是我心目中的好人，有信仰，有丰盛的爱，她会抛弃我，这世上还有谁不会抛弃我呢？或者我识人有误，这感觉就像从商店里明明买回了钻石，却原来只是个玻璃球。那失望无法言说，那是比失恋还痛苦的。失恋，旧的去了还可有新的再来，而盐失去了咸味还有什么能让它再咸？华曾在电话里对我说，她正忙着新教堂的粉刷，所以没空来看我。我感叹，若没有爱心，教堂建得再漂亮又有何益处？不是说人的身体才是老天的殿吗？我知道我没有资格这样责备人，倘若位置置换，我不会做得比她好。可我却不管不顾地说出冒昧的话。

朋友华终于打来电话，我们之间便有了隔阂，我讪讪着问："我哪里得罪你了？"她吃惊地说没有。这会儿轮到我吃惊了，那她何以失踪？连个问候的电话也没有。那一刻，我宁愿是我得罪了她，好让她毫无缘由的离弃有个解释，可是，我的希望破灭了。放下电话，我号啕大哭。这一刻，我哭人性的缺陷，爱心的有限，我哭我的一条腿使我成了寡廉鲜耻的人。

只要有人来看我，我就滔滔不绝地说这说那，情绪亢奋，甚至她们都插不进嘴，只好都听我说。我意识到了，她们也意识到了。我后来看加缪的《讽刺》，一处描写孤独老人的话让我吃惊："……他甚至不放过叙述中的沉默，他急于在别人离开他之前把一切都说出来，以保留他自认为能感动听众的往事。让别人听他说话，这是他唯一的癖好，对于别人向他投来的讥讽目光和唐突的嘲笑，他不加理睬……"我吓了一跳，我想我就是那个老人了。当然，我的朋友不会向我投来讥讽的目光和唐突的嘲笑，这也不是我唯一的癖好，我还可以写作，可以上网。但我想我已经部分地老去，那被孤独催老的部分。

有介绍宋美龄晚年的文字，说到她在纽约产生了无法忍受的孤独，长岛别墅成了她一个人画地为牢的小世界。看到这里我惊愕了，这样一位曾在政治舞台上驰骋多年的女人，蒋介石不可或缺的女外交家，罗斯福在世时也不敢小视的女强人尚且落到这般地步。活得最热闹的赛金花，她的晚年更是孤独的，当张学良去看望风烛残年的她，若不是她的眼睛还会动，真怀疑她是否还活着。充满传奇的张爱玲孤独地死在美国洛杉矶公寓里华丽的地毯上，有文章称她的死极其浪漫，可我怀疑她是自杀，因孤独而自杀。宴席总归要散，看来这是所有人的生命铁律。这些曾经热闹过的名女人，尚且要落在孤独里，何况我这病中的庸常女人。

躺在床上看漫画书，一则《久病床前无孝子》的漫画吸引了我，第一张图是儿子、媳妇、孙子和狗，一同去看望生病的老人，第二张图媳妇最先退出，再来是儿子退出，再来是孙子，最后孙子也不去了，只剩下那条狗了。遗憾，我没有养狗。看来，孝子贤孙都做不到的，我又如何难为朋友？我又如何难为人要像狗一样？

一阵风从窗外袭来，我看到比黑夜更黑的魅影在四壁间飞梭，我慌忙开灯，原来是一只蝙蝠，一只鸦黑透青的蝙蝠。这不速之客究竟从哪里飞来？搬到这里多年，第一次发现这鬼魅的东西。此时它双翼圪蹴着倒挂在墙角的衣架上一动不动，像是从我的孤独里生长出来的。我把所有的灯都开了，把玻璃窗开到最大，我用晾衣竿驱赶它，它窸窸窣窣地扇动翅膀，只在四壁间回旋，硬是不肯出去。蝙蝠，这趋暗的动物，莫非我开着灯的房间也比外面的夜更黑？也许它从我这里嗅到了非人的气味，和它一样的同类的气味？我忽然在自己被局限了的身体里，看见了蝙蝠的舞蹈。在漫长的，等待一条腿的康复中，一天又一天，我的那点人气，一点一点地被剥蚀掉，我已经渐渐地变成了虫子，和它才是同类。我想起西川的《夕光中的蝙蝠》“……与黑暗结合，似永不开花的种籽……”哦，原来你还是一棵植物的种子。我的虫子，我的植物。我有些惊喜，第一次觉得蝙蝠这东西并不那么可怕，还有些亲切，它是怎么找到我的？

载《广州文艺》2011 年第 10 期

十九病区

1

我们被堵在电梯门外已经很久了，让躺在担架床上的和坐在轮椅上的病人先行。两部电梯不停地张嘴、闭嘴，吞吐着匆忙而喧嚣的人群，依然赶不上趟。还有一部电梯闲置着，门边的牌子上写着大红的“贵宾通道”，显然我们这些人都不够贵宾的资格。于是就寻思着什么样的人属于这儿的贵宾？在这个时代，最难和最容易的都是当“贵宾”，我这样窘滥的小文丐袋子里也装着一沓贵宾卡，一张是在书店花 20 元钱办理的，一张是年前一家“参行”开张花 5 元钱办理的，还有三张没有花钱，一张是修理摩托车店送的，说是老顾客不用花钱，一张是一家服装店的，还有一张是街头推销化妆品的美眉送的，当然她也送给所有愿意接收的人，我当时害怕“螳螂捕蝉，黄雀在后”的商业潜规则，没敢要，是她硬塞的。然而此刻，我瘸着一条不能久站的伤腿，在一群焦虑不安的人里望着大红字的“贵宾”，有点像渴望甘露的旱禾。终于，我被杂沓的人群裹挟着进入电梯，真不容易。

电门按钮上亮起一排数字：11、12、13…… 19。电梯似乎异常的慢，这电梯比别处的要宽大，开门关门的速度也比别处的慢，每一层都有人进出，等到了 19 层，一大间的人往往只剩下一两个。若只看这从喧闹到寂寥的速度确是快的。19 楼，这是新落成的病房大楼的顶楼，老干病区就在这里，这里叫十九病区，是否也有着人生最后阶段的暗示？我喜欢“顶楼”或是“塔楼”这样的名词，它能把我带进一种莫名的，说不上是忧伤还是温馨的氛围，塔楼的上面应该有鸽群飞起来，可我只看到铅灰色的天宇，没有鸽群，别的鸟儿也没有。这里的人步履蹒跚，不像我在楼下遇到的那些焦急的人走过时，身后跟着一阵风。他们的身后风平浪静，那种沉滞的静，表面看去像是悠闲，其实是殚精竭虑后的式微，和淡蓝色条纹的病号服很吻合。他们的脸上也都或多或少地有了天空的铅灰色，我刚刚的焦虑一下子被某种情绪替代了，每次都是这样，每次都是立刻被氤氲着的来苏尔味的某种情绪击中，那是从人心里分泌出来的缓慢的情绪。来这里的人也会不由自主地放慢节奏，不论你做什么。

2

16 床，从我站着的这个角度看去，正好看到父亲盖着被子的后背和一截手臂，裸露在外的手臂没有光泽、粗糙皱缩，我从来没有这样从背后打量父亲，有点窥视的意味，我似乎一下子意识到，父亲是那么老迈了，心里泛起淡淡的伤感。我想起早年的父亲。一位军队作家所著的《红旗飘飘》，里面有一篇题目《四十封信》，写的是四十个即将退伍的老兵，每人给营教导员，也就是我的父亲写了一封信，要求留在部队。那可不是现在的走后门，那时 823 炮战正在激烈的进行中，生命随时都有危险。父亲是流着眼泪看完这些信的，有泪不轻弹的父亲被那些最可爱的人感动了，为了给他们写回信，父亲一夜未眠。可是，父亲对我们姐弟三人可谓严厉有加，慈爱不够。小时候我们见到父亲像老鼠见了猫，父亲吼一声，我们就七魂出窍。母亲常常愤愤地指责父亲是法西斯。当年的父亲多么霸气！身体多么好呀！晚年的父亲，脾气日益见好，俨然一慈父。父亲说：“你来了？我没有事的，你不用老往这儿跑。”后一句我听出不是他的真意，他其实是喜欢我来的，虽然他不需要我照顾。母亲来看父亲，也顺便看了隔壁房间一个刚做完手术的老人，见有人来看他那老人哭了，母亲也哭了。母亲回来说：“唉，人老了真可怜。”我也想去看看那老人，我连续几次腿脚受伤，已经提前体验了一点衰老的滋味。可我连自己的父母亲生病都无能为力，心有余力不足是人间的大痛。就让我痛吧上帝，在我能为父母亲做点什么的时候，我干什么来着？就让我的心痛吧，痛成齑粉。

父亲坐在轮椅上，我必须稍稍弯下腰去才能与父亲说话，弯下腰去，做这个有着谦卑意味的动作只需一瞬的时间，然而这一瞬是不可计量，没有疆域的，所抵达的纬度是长度的、宽度的，也是厚度的。弯下腰，这一小块空间不同于别的空间，包含了岁月的沧桑，我看见了行云、流水、电光、飓风。我忽然想起菲列伯·苏卜在《夏洛外传》里的一段话：“没有一件东西能够不为时间的运动所摇撼，黄金，爱情，往事，都支撑不住。”在这里，我看到时间的大可畏在人的肉体上彰显无遗。我有些明白，为什么有那么多作家都是从医的，杜哈曼就是一个，他把自己医生的职业称为修理人肉机器的工匠，可他更愿意从事纠正人类灵魂的谬误。

其实我身体的一部分已经融入了这个空间，医生说我的膝关节由于多次损伤，已加速退化了。也就是说，我的膝关节已经不管不顾地先我而去了；也就是说，我的膝关节有可能已经八十岁了。应该说我对这一小块无限的空间不太陌生。去年，我是坐着轮椅去做核磁共振的，一种错位感让我很不习惯，让我离地面很近，离天空很远，与一路上的垃圾桶一般高，上电梯的时候，别人都让着我，我感到了有些冷的爱。尤其当他们的眼神与我相遇，我听到了眼光与眼光的撞击声，那是好矛射在劣等的盾上的声音，我的眼神不似父亲坐在轮椅上的眼神，父亲坐在轮椅上很坦然，压根就没想到有回程票，而我此刻的努力就是为了寻一张回程票，由于渴望、焦虑，我的眼里没有了坦然。回来的路上我似乎有些习惯了这样的高低位差，我发现我也和路边一些正在生长的小树一样高，是的，我身体的某些部位也需要重新生长。此刻我也是一株植物，像是一株硬生生地被嫁接的植物，父亲坐在轮椅里也是一株植物，只不过那轮椅就像是他的下半身，他像是从轮椅里生长出来的。

忽然，我从人群里认出了我原单位的领导，他西装革履，春风得意，显然不是来看病的，那一定是来探望别人的。他已经不在我原来的单位了，高升了，而且是一个令人艳羡的单位。我先是把头扭到一边，以免跟他的目光相遇，接着是让推轮椅的护工改换方向，躲进一群蜂拥而来的人流里。我不知为什么要躲过他，而且有点掩耳盗铃的躲避。是我当下残疾、可怜的境遇与他的处境有太鲜明的反差吗？我说不太清。

腿受伤后我看了很多电视，其中有我喜欢的科技频道。科学对人的大脑的研究已经有了突破性成果，对大脑的研究已延续两千年了。可是，科学家们依然承认，这点成果相对于大脑的奥秘，只是一点皮毛。我感叹人体的奇妙，人穷尽一生的力量也没搞清楚，人对自身都没搞清楚，更何况浩瀚奥秘的宇宙。我们居住的地球与太阳的距离更是奇妙，据科学家说，那是最适合的距离，最精确的适合。据推算，与太阳的距离哪怕远离一点点，地球上的水就不再是液态了，人也会被冻死；若靠前一点点，又会太热。据说包围在地球周围的大气层分为好几层，有对流层、平流层等，还有一层臭氧层保护着地球，是人类与各种生物、动物赖以生存的保护伞。从科学家特制的望远镜看，这些大气层还有颜色。

在浩瀚的宇宙面前，我其实就是个瞎子，我看不到风，看不到电，看不到大气层的颜色，看不到射线，看不到微小的原子、电子，看不到哪怕离地球最近的一颗行星上的东西，我的眼睛所能看到的太有限了。我也是个瘫子，我所能去的地方太有限，是的，我们可以借助飞机、火箭，这不就像残疾人借助轮椅吗？其实，在宇宙奥秘面前，我们谁不是那又瞎又聋又瘫之人？

3

我父亲坐轮椅的时候，很多老干部还健步如飞，活蹦乱跳的。如今，我父亲把他们一个个都比在了身后，这些年陆陆续续好些人都坐到了轮椅上，眼看着他们从强盛到衰落，而且很多人状况还不及我父亲。有些人的衰老被拉得太长，有些人却是迅即的。

我在走廊上看到了王叔，他穿着病号服佝偻着背走在我前面，后脑勺像一座荒丘，那白发如衰败的枯草，他还算这群老人里状况比较好的一个，不用坐轮椅也不用拄拐，我喊了一声“王叔”，他没反应，我这才想他有些耳背，我加大了音量，他才回头来看我，其实是回身，他是把整个身子回转来看我的，说“噢，你来看你父亲？”我想他身体的某些部件已经僵硬了，我不知道那是一种怎样的状况，我只知道他不能像我现在这样灵活，我也知道，有一天我的部件也会渐渐地失灵。那缓慢的忧伤再一次袭上心来。这 19 楼，这是一个众多的衰老与死亡的集中展现。

一个浑身颤抖的老干部偏斜着半个身子，被一个护工似的男人搀扶着穿过走廊，那个护工长得凶神恶煞，真为那个老干部悬着一颗心。另一个迎面而来的拄着拐的老干部迈步、甩手，动作夸张又机械，显然身体各部的平衡与协调已经偏离大脑神经的控制了。从一间开着的病房门看去，一个卧在床上的老人正在抽搐、流涎。这些人此前都是领导干部，有人曾是一言九鼎的，一句话都要让地球抖三抖的，如今，衰老和疾病使他们往日的威严尽失，用闽南话说他们是“跁跁颠”的，就是走路不稳、东倒西歪的意思。这些人都曾在战场上经历过生与死的搏斗，现在依然是生与死的搏斗，只不过战场转移了；这些曾驰骋疆场的英雄豪杰，也只是把“英雄末路”演绎得足够久。这些来到生命尽头的人，他们的肉体大多已千疮百孔，像一个漏风漏雨的老屋，我看到了作为万物之灵的人的可怜本相，衰老，人只有到了尽头的时候才能看清的本相，之前，它藏匿在我们的身体里，它藏匿得很深，像善意的欺骗。无论此前怎样猛武捭阖、怎样风流倜傥。我看到了肉身的殊途同归，谁也不能战胜的衰老。也许在真实本相面前，人也便有了真诚，他们的目光真就有着人生初始那孩童般的神色了，多了些可爱。我因此相信尽头也是另一种的开始。有些人的目光里，能看到不属于这个世界的东西了，不知那目光之上有没有一个温暖的家园。我忽然想流泪，不仅只是为他们，也是为你、为我、为他，为所有将要老去的人。

4

然而，他们毕竟住着一切设施良好的病房，享受着医药全包干的待遇，每月的工资足够他们请护工侍候，他们目前的生活是那些曾和他们一起在战场上厮杀，却没有能够归来的人们眼睛所未见过的、耳朵所未闻过的，超越了他们当年的全部理想。他们多数人是知足的，他们也在知足中受着病魔的折磨，求生的渴望在这里达到了顶峰。他们靠着意志、针药与这破败的躯体斗争着，与死神抗争着。是的，战争还没有结束。“卧倒，冲啊！杀！”他对我父亲说，真要命，他总是梦见与日本鬼子拼刺刀。他身上还有日本鬼子刺刀留下的疤痕，他说那次他以为他死了，他真的倒下了，他是从死人堆里爬出来的。有人说他总是说梦话，一惊一乍，常要被他吓死。人家这样说的时候，他总是憨憨地笑着。护士正在给他打吊针，那尖锐的金属在他枯树老藤般虬曲的血管里逡巡。他们曾是战场上的英雄，胜利者，但有一场注定失败的战役在等待着他们，那是枪弹不能征服的。

他死了，这次是真的死了，他去的地方没有返程票，那是个强梁的世界，即使是钢铁这样特殊材料制成的人，也将像脆弱的芦苇那样被折断、被拔除。本来他已好转，正准备出院呢，忽然就去了，其实他是被吓死的，他无意中知道了被隐瞒多年的真相：癌。原本死神是蹑足的，隐藏的，忽然就露出其凶恶面目，他身体的大厦轰然坍塌，江翻海倒。这毁灭，本是缓慢的；崩溃，却是一瞬之功。

人死如灯灭，他的病床很快被清理干净，一点痕迹也没有，好像他从来就不曾在这里住过。此前，他喜欢在不打吊针的下午看看报纸，那时，南方初春的暖阳照进病房，照在他的脸上，他总是一会儿看书，一会儿看着窗外发呆，从这么高楼的窗子望出去，不知他看到了什么？那片绿化带里的树木，虽是一片葱郁，但只要第一阵秋风袭来，便会有飘落的叶。他颤抖的手翻动纸页时常常发出很大的窸窸窣窣声。这窸窸窣窣声没有因他的死而停止，一直深入我的脑海。我想起狄金森的诗《死亡是一场对话，进行》里的诗句：“……灵魂转身远去 / 只是为了留作证据 / 脱下了一袭肉体外衣。”

另一个他来了，病床上原来那个“他”的名字牌卡上被现在这个“他”的名字取代了。他来，像走过无人的空旷，即使屋里有很多人，他也全当空气，一丝没有表情的表情掠过他的脸。但当他独自一人的时候，又常常侃侃而谈，甚至手舞足蹈地“我跟你说呀……”可是他的目光所及之处空空荡荡，他是活在自己的世界里。他呼唤着他儿子的名字，前几年一场车祸，让他的儿子先他而去了。他总是说儿子没有走远，他说他儿子就藏在他家院子里的一棵树上。从他的晦暗的眼神里，我知道他离他的儿子越来越近了，他晦暗的眼神是压伤的芦苇，将残的灯火。据说他年轻时脾气暴躁，现在完全没了脾性。他一会儿糊涂，一会儿清醒，糊涂时的他有一个惯常的姿势，就是双手紧紧抓住老伴的手，两眼仰望着老伴的脸，因为他老伴比他高。清醒的时候常被老伴训斥，他再没有当年挥手打老伴时的力气了。一次，我听见他老伴的呵斥声：“怎么越来越糊涂了？连我都不认得了？”，那一刻他是清醒的，也因此是难为情的。面对这样的呵斥，他也许更愿意躲进糊涂里。果真这是我最后一次看到他清醒着。

脑梗、肠功能紊乱、心衰、帕金狄氏综合征等等，那么多疾病都相中了A叔这块肥沃的土地，他躯体的各部都背叛了他，他被完全地囚在了一张床上。孩子们都在外地工作，全靠老伴照顾他。他不愿拖累老伴，他要寻一个出口，以便逃出这座肉造的监狱，这所监狱已经囚禁了他7年，吃喝拉撒全在一张床上。说是肉造的，在此刻是不形象的，他的皮肤紧包着骨骼，那么紧、那么紧，将血肉挤压得无处可躲。天气已经转暖，他身上依然盖着两床厚厚的被子。于是，一个“死”字在A叔的腑肺间被一次次地润色，他伸出颤悠悠的手，费力地将输液管扯掉了。A叔的老伴及时发现了，她愤怒了，在此之前没见她动过气。她说，战场上你九死一生都闯过来了，这容易吗？A叔说你容易吗？我不愿意拖累你了。老伴说，除非你让我先走，否则不行。可是A叔完全活颠倒了，白天睡觉晚上醒来，醒来后还要发脾气，还要频频地大小便，7年，他老伴从未睡过一个囫囵觉。A叔病危时，大小便失禁、神志不清，她就彻夜不眠。7 年，一个城市的城建可以翻天覆地，A 叔的老伴却没有逛过市区任何一条街道；7 年，2000 多个日日夜夜，她的舞台就只是医院里的一张陪护床。而干休所里那个有着独门独院的小楼，她已经 7 年没有享受过了。因为她本身是护士出身，比别人更懂护理，所以她能一次次地从死神的手里把丈夫夺回来。然而我这局外人却想，对于这样的一具肉身，灰飞烟灭何尝不是解脱与慰藉。倘若夏娃在伊甸园连那生命果也一并偷了吃，那么古今中外那些强恶人就真的万寿无疆了，秦始皇不死、希特勒不死，永远活着，永远奴役人民，他们天天残暴杀戮，被杀戮的人也杀不死，却天天喊痛，那真是人间地狱了。

我在这里看到的大多是老太服侍老头。有人说，上帝让女人的寿命比男人长，是因为对弱者（女人）的一种补偿。现在，我却从这里体会出了上帝的另一层美意——那其实也是上帝对男人的怜悯与爱。男人，这个世界的强者，无论他们曾怎样的强盛，当老迈来临，他们不再叱咤风云，他们就成了弱者，成了比女人更弱的弱者。一个独居的女人总是比一个独居的男人生活得更容易些，老人面对的无非只是生活的琐碎——买菜、做饭、洗衣、折被，或是照看孙儿孙女，对于老年女人来说这是生活的延续，更具经验的，而对于老年男人来说就艰难得多了。所以老鳏夫更需要一个老年伴侣。这时候男人是比女人更弱势的。普鲁斯特说过："……衰老对男人们来说是最要不得的，像把希腊悲剧中的国王们从顶峰推向深渊……"我忽然就感慨起生儿子的了，将来找媳妇，善良可是第一要紧，第一明智，第一有前途的。可是多数男人总是把美貌作为择偶的第一条件。这不能不说是男人的悲哀。无论是巴尔扎克，里尔克，还是萨特，陪伴在他们生命最后阶段的都不是他们当年最爱的和最美貌的。这真是一种讽刺。

他们大多是 80 岁左右的人，他们太老了，以至于我错觉他们一生下来就是这个样子，我不能把他们和婴孩、少年、青年、壮年联系在一起，尽管理性上我知道他们本来有过那样的时候。H 阿姨，她不仅是老干部的配偶，本身也是老干部。她患严重糖尿病已多年，可并不形容枯槁，她一直保养甚好，70 多岁的她看去比实际年龄小很多，我总能透过她落没的美貌推测她年轻时的锦瑟年华。可是，这后来的一两年里，我从她身上再也看不出她与美有什么关系了，残月落花的痕迹亦是没有的。说美人的迟暮也是美的，那是因为时间尚不足够久。时间很有耐性，它终究能让美女与丑女殊途同归，达成最后的公平。衰老之于美女更残酷些，但又有哪一个美女愿意早夭？对面遇见她，我说了一句违心的话："阿姨，你还是那么年轻！"她说："哪里呀，老得不像样了！"脸上却露出欣慰的笑容。

和她相伴的另一半已离她而去了，看着 H 阿姨在病房走廊踽踽独行的样子，心里便想，衰老与孤独，对于她哪一个更具杀伤力？或者这是相伴而行的。她依然爱美，她不喜欢穿病号服，她穿她自己的衣服，用美服遮掩她破败的身躯。衣服是印花亚麻的质地，很喜庆的颜色，远看就像一株着了火的老树，上面印着大朵的木棉花，像是刚从树上掉下来的，张皇与凄惘还在，颜色也尚未退去，好像预示衰败是轰然的，突兀的。这些热烈的花又像是谁在暗处举着的灯盏，照出她身体的真相，也照出了我身体未来的真相，我的内心已有薄凉弥漫。

Y 的老伴过世，Y 在挽联上写着"悼念爱妻"的文字，我不知道这是不是生活的讽刺？他的那个"爱妻"比他的年龄大很多，是当初大院里唯一幸存的小脚女人，是他甩不掉的女人。当年，他和来采访他的记者相恋，小脚女人颠着一双小脚从老家赶来，保住了自己的窝巢。据说他们一直不和，从年轻一直闹到老年，他们闹离婚闹得很凶，曾经一个拔枪，一个动刀。确切地说，是 Y 要离婚，但 Y 一直没有得逞。终于，上帝把一切事情简单化了。一切都会来到的，只要有足够的耐心。

5

她注定是这里的一股旋风，是人们打针吃药之余的一点精神亢奋剂，她那么抢眼，她一点也不老。后来得知她只比我大两岁。她是老干部 G 的新老伴，相差 30 岁。她跟 G 的婚姻是典型的老夫少妻，G 的老伴去世后，经人介绍认识了她，应该说是她主动要嫁给 G 的，因为她，G 整个溃垮的精神又得以整饬起来。

人们在她背后说着她的往事，说她走马灯地找过几个男人，都是年龄大她很多岁的。这些暮年之人谈论着她，这些衰老躯体隐秘之处日渐式微的火花，借助这风势的搅动，是否重新旺起来，想起一些年轻时的风流韵事？他们这一辈人，也许从来就没有过什么风流韵事。

我在还没有见到她就已经听说了她，也听说了她是漂亮的，见到她时，她的漂亮还是出乎我的意料。我印象最深的是，她满脸羡慕地对我说：“你真幸福，你这个年纪还有父亲。”她说她在幼小的时候父亲就离她而去了。我忽然明白，她也许是在寻找一个父亲，而不是一个人恋人，她有恋父情节。她其实是一次次地寻找父亲，然而，他们都不是她的父亲，她也就只能走马灯地一直找下去，G 只是她的又一个父亲的替代品。虽然她照顾 G 并没有给人留下可指诋的，但人们背后为他们的婚姻还是捏一把汗，真悬。

6

我忽然听见“大青！大青！”的呼唤在病区走廊里回响，连带起那些个夜晚里的夜来香的气味，那种陌生恍如隔世。原来是我父亲的老战友W叔在叫我的乳名，那时我们家与W叔一家同住在一个军营里，那时我才读小学，在那个新开垦的军营地里，在那些飘着夜来香气味的夜晚，孩子们就在空地上疯跑着、呼喊着一个个同伴的名字玩“点秋兵”。我以为我彻底忘记了我这个乳名，说实话对于这个乳名我隐讳已久，我很不喜欢它，觉得它难听，与当时那些雅静的名字诸如“芳芳”“雅丽”等相比，显得很突兀，很粗狂，很不雅。我是个爱美的人，我不能容忍别人叫我这个名字，因为我的抵制，果真没有人再叫我这个名字了。久而久之，我以为世上不再有人记起这个名字。不想隔了多年，猛不迭地听见这个名字，我被吓了一跳，这咄咄逼人的名字，这么些年过去它依然不肯罢休，依然逼逐而来。记住这名字的人已经不多了，记住这名字的人业已风烛残年了。我的心底不由自主地生出了温馨的感觉，也不觉得多么难听了，我忽然有落泪的冲动。W叔和我父亲交谈起来，W叔说他的胃已被切除了大半。父亲说他的胆被摘除了，还有胰腺炎。其实我们都知道W叔是胃癌，谁也不敢告诉他。W叔的脊背更加弯曲了，好像背着一捆柴。他说，那时我们多年轻呀！才40来岁。这让我大吃一惊，我知道有一件事我必须重新审视，那就是关于40来岁，我原以为迈过40岁这个坎，就意味着老了，因为那时我正值他所说的40来岁，我常常沮丧地自言自语说，我已经40多岁了，从此，我要说，我才40多岁。他的话把我重新拽回到阳光的一边，我看见有一捆柴正在我40岁的天空燃烧着，噼啪作响，我把火的力量紧握手中。

“大青”它是一棵大树，又大又青的树，生命力顽强。原来，它的须根一直深扎在我生命的泥土里，它的枝丫从看不见的一头延伸到看不见的另一头。那另一头，才是真正让我恐惧和忧虑的。但也不必忧虑吧，今天的忧虑今天担就够了，一肩担尽古今愁，那不是肉身的肩膀。或许老人们的缓慢，正是潜意识里流露出来的从容，我父亲对于那另一头就很从容，那种从活得足够久的满足里生出来的从容，或许因着衰老带来的种种不便，因着从美貌强壮到丑陋衰弱的肉体，对人生就没有年轻时那般的眷念，也就少了恐惧。我想起英国诗人兰德75岁时写的那首诗《生与死》“……我双手烤着生命之火取暖 / 火萎了 / 我也准备走了”多么从容不迫。

载《福建文学》2010年第9期散文头题

生命的凭据

1

我被这样的美灼伤。她像一块安静温润的璞玉，眉眼间淡淡水流折射出清晨第一缕阳光。她让我有一种隔阂，我无法相信那个小女孩就是我。她是她我是我，她在云端，我在红尘。可这就是我的凭据，立此存照，铁证如山。我们的一生被压缩进那一张张薄薄的平面里。小时候，真人比照片好看，皮肤晶莹剔透，没有胭脂污颜色，唇是野生的红，眉是自家长的。现在，照片比真人好看，暗斑皱纹不会轻易显露，因为有脂粉遮掩。加之现代技术可以巧妙地抹去岁月的痕迹，好在摄影界不打假，看着一张张经过艺术加工，明知已不能代表自己了的照片，依然心花怒放。这是最让人欣悦的造假。看来，不是所有的凭据都能代表真实。

楼下待拆的旧房子，我看见那么多的风雨停留在一根裸露的钢筋上，似曾相识地剥落着锈迹与碎屑，如同我的暗斑与皱纹。这命运的烙印，我想，有一天我会拍下珍藏，因为它更像我真实的凭据。

去花博会，不是当去的季节，许多花都已谢去。阳光下，一塘衰荷，一种集体悲壮赴死的忧伤美，晃得我的眼生痛。用手机拍下这幅图，且以《菡萏香消图》命之吧。萎下去的，萧蚀的荷，让风也瘫软了。时间慢下来，在我心里一点点地完成着一幅清简淡然的水墨画。众芳污秽之后的沧桑也是一点点地成长着，直至永恒。这也是生命的凭据。在月晓风清的日子，我会想起它们“浮香绕曲岸，圆影覆华池”的美好时光，心头也会突然一痛。生活是美好的，生活也把美好一点点地毁灭。身体意识强烈的我看往昔留影，那何尝不是把自己毁灭给自己看，这世间的大悲。哦，生命的凭据其实是残忍的。

老家人吃饺子，把多出来的皮包成馅极少的饺子给小女孩吃，说是吃了将来能长成好姑娘。我想这风俗一定是重男轻女的产物，欺骗女孩子的。我不喜欢吃，我面对着墙拒绝吃那种饺子，心想，不吃那东西我照样长成好姑娘。那时我只有四五岁，内心如此笃定，自信，凭据是什么？是什么在引导着我命运启示？至今没有答案。敞开窗子就能看到通往远方的路，远方永远是诱惑。可是远方没有凭据，凭据只是引导你向后看的。

2

因为凭据，那逝去的永远没有逝去。

有一处土楼的遗址，好像叫时德楼。只剩下残垣断壁，若也能勉强算一座土楼，当是南靖土楼群里最丑陋的土楼了。暮秋里的一天，阳光正好，一群诗人驱车来到南靖土楼群。游人大都在完整的土楼那里，而诗人们却到了这里。这里凄清多了，诗人们知道倾圮、残垣是更适合怀旧的，这契合了诗人忧郁的气质。

残墙很高，仰头望去，在灰色的天空下，那是一个历史老人沧桑的断臂，是可以伏在上面痛哭的。这样一个肌体不全的老人桀骜地仰着头，冷静地看着、听着周围的一切，又像是在诉说着什么，它是拒绝被人遗忘的。这本是一座建于乾隆年间的方楼，1864 年被所谓的长毛放火焚烧，重建后，又于1930年焚毁于战乱中，当初外墙被焚毁，内墙被烧得通红后，却变得异常坚固，被当地人称为火墙。以至70年前，罕见的一场洪水让很多看上去固若金汤的建筑物毁于一旦，饱经沧桑的残墙以它的残缺之躯挺举着生命的凭据，来抵抗时间的侵袭，来吸引怀旧者的眼球。怀旧，是一种软凭据。

他们去一处喝茶，我独自坐着，一阵喧闹之后更增添了这里的寂静和伤残。风簌簌地吹过，还有蜂鸣和茶香，那都是它与我在静谧中的对话。残墙周围有几棵稀落枯瘦的树，前面有农人竖起的竹竿和木棍做的栅栏，轻贱的蒿草夹杂其中，其势葳蕤，却大多转黄枯槁，毫无汁水。一只死去的蝙蝠枯干的翅膀挂在一根竹竿上，沾满了灰尘。杂草里有些飞絮在阳光下飘着，栅栏上稀疏地爬着一两株瓜藤，青翠的叶泛着迷蒙水汽，像是春天留下的遗物。我忽然相信，一定还有些凭据是人的眼睛所不能看到的。

载《青年文学》2010年第8期

一座古城的记忆

老街

选一段休闲时光，徜徉漳州古城，听那脚步扣响石板路面，于安谧恬静中，触摸唐风宋雨千年之后留给这个小城盘根错节、爬满苔藓的血脉经络。延安南路、香港路和台湾路的老街是属于夜晚的，适合做梦的。我的一个这样的梦就是在这里孕育的。好多年前，我随朋友来到延安南路。溟蒙的夜雾下，古街楼只有混沌的剪影，寂寥的星星且近且远。趿拉着木屐、穿着花袍裤的女人们，三五成群、舒行缓步地逛夜市。那时的肆声是永远煮不沸的水，那些悬挂着女人衣服和小饰物的摊位上不时传来她们潮湿、绵软的讨价还价声，笃笃的木屐声仿佛是催人入眠的小夜曲。女人们的这份悠闲自在，惹得我那位朋友顿生羡慕妒忌恨。没想到这夜晚、小巷、女人、肆声组成的画面，十多年后，在“怀想”这只手一遍遍的润色下，竟成了莫名的伤怀之梦。可我已是那个武陵渔人，再也找不到返回桃源洞的路了。

府埕原为漳州府衙门口的广场，长约 50 米，宽 20 多米，漳州府文武官员出入仪式均在这里举行。如今此地乃是这座古城食文化的集聚地。豆花、润饼、卤面、蚝煎、米烧粿、土笋冻、手抓面替代了昔日文武官员的威仪，寻常百姓在和风暖阳或是细风飘洒的日子里，用舌尖感受这座小城闻名遐迩的小吃。后来，有了一家叫“空瓶子”的酒家在这里开张了一段时间，里面尽是民国时期的装修，至今记忆尤深。自以为应是着蓝花粗布衣裳，戴银质手镯；应是绕远道、贯骑楼、横深巷、过小桥一路而来，把现代城市的虚浮气甩在身后。于一僻静处落座，看仿古的墙壁经艺术造假而成的斑驳秽渍、垢迹。亦有古匾楹联、古琴，仿民国时期桌椅、瓷碗、花瓶、茶具、古筝、油纸伞，一应俱全地散发着旧时光的幽香。暗褐色的雕花窗棂后，不时闪出翠眉含娇的古典装扮的美女服务生，心绪便一下子沉淀，遂生此身不知在何处的缥缈。关上手机，平淡温暖地感受那久违了的伤怀之美。与府埕相连的中山公园是漳州府治旧址。宋绍熙元年 (1190 年) 朱熹知漳州，故此地有“紫阳古署”之称。里面有仰文楼、中山纪念亭、漳州解放纪念亭、华表、七星池、闽南革命烈士纪念碑等。华表，混凝土结构的四方形碑，又叫博爱碑。民国八年，闽南护法区建。东面上有楷书“博爱”二字，为孙中山所题；西面楷书“互助”二字，为陈炯明书；北面篆书“自由”，为章太炎所题。这可真是一座历史厚重的公园。

香港路有杨骚故居，更添文化底蕴。跨街并排处，一前一后赫然骈立着两座明朝的青白石相间构筑成的牌坊，浮雕、镂雕的龙凤、花卉、鸟兽、人物巧夺天工，至今依然可见昔日旒冕簪缨的气派，一座“尚书探花”坊，镌刻的是出身贫寒的漳浦林士章于明嘉靖十四年赴京考中探花，官成南京礼部尚书及国史副总裁诸官职，历经嘉靖、隆庆、万历三朝的事迹。另一座“三世贰宰、两京扬历”坊，则是为才高位显的龙海人蒋孟育及其父蒋玉山、祖父蒋相而立。这些牌坊在这座素有“海滨邹鲁”美誉的小城里，无疑是“人杰地灵”的见证，想必古时这里被称为南蛮之地，不会有太多达官贵人。这些牌坊，昭示世人更多的是这些个才子高官个性恰到好处的张扬，把自己的聪明才智发挥到极致，看不出他们为民做了哪些贡献。也许人们会说，生逢明朝那样的昏聩乱世只能独善其身了，可这样的独善其身何尝不是另一种平庸？当然，这种科甲及第而官而显，也彰显了读书有用，还算积极的意义吧。这里的古圣贤，我更喜欢的是黄道周，除了才华，他的气节几人能有？只是他的牌坊不在这里。

台湾路的骑楼典雅古朴。老字号商店居多，如振裕、万元钱庄、天益寿药店、商务印书馆代理处等清晰可见。亦可想见当年此乃众商云集、经济发达的富贵繁华一隅。两边街面熙攘喧哗。摩登服装店和各类时尚品商店比比皆是。不由得感慨那商鼎、周钟之文化是怎样从瘴厉未开的新石器一路叹咏而来，从大禹的洪水、春秋战国的凛凛鼓声中呼啸而来，又在这曲水流觞的时光里与我们相遇，与现代脉络、商业气息在此衔接融会得那样和谐，雕栏画栋犹在，朱颜依然。想象的翅膀就这样浸染了神秘的色彩……

脚下踏响的不再是青石板，而是告老还乡的林士章官船溅起的水声和船夫的叹息调。想那当过大官的人就是不一样，即使官场已无戏，归隐后也唱了一出好戏。他要朝拜的湄洲妈祖像，毕竟隔着距离，又苦于年事已高。怎么办？还是夫人聪明：“官人，这有何难？何不恭请姑婆祖到乌石来。”可是，聪明人的话有时也经不住推敲，就像老子、孔子的后人也不能将某地先祖之像随意搬回家。林士章毕竟是当过大官、见过世面的人，知道做事要名正言顺，毕竟不像霸占一心仪女子为妾那么容易。光有墨气淋淳的《林氏族谱》还不够，于是还有祖父当年经商，船到三洲忽遇台风那神话般死里逃生记，于是妈祖像被搬回家，将此事顺理成章地演变为祭祀祖宗的事，还可称道“百善孝为先”吧。

同样是漳浦人的药店小伙计，漳浦赤湖陈姓人。在那个轻商贱农的清末年间就艰辛得多了。少年来漳谋生，入药店做伙计。因其聪敏，懂经营，很快获老板赏识。这是他人生的一大转折，很快成了老板的乘龙快婿。没有史料记载小姐本人的情况和他与小姐的感情如何。但尝尽生活艰辛的他紧紧地抓住了这来之不易的机会，后来在台湾路另立门面创办天益寿药店。这其中的甘苦也只有他自己知道。我仿佛看见这个精明的小伙计，躲避兵燹、走南闯北；车载肩扛道地药材、怀揣小姐可心的礼物。滞重的脚步踏石板路的软尘而归。

墓地

出了漳州城区往南走，在国道60公里处，有个茶庄。这个地方很早就听说了，总算来了。茶庄里面有几处供人玩赏的景点，远山修竹、曲水回廊、茶香浮动……在此院的后右侧，有个很独特的景点叫“武人茶苑”。景点里有两尊持刀、盾的明朝将士石雕像、有石砌的墓地、有忠勇碑、有戚继光塑像。当我看到抗倭将士的塑像，看到抗倭将士被称为“武人”，我的心脏数秒钟缺血之后，才慢慢缓过劲来。

据说当时商家圈地，发现圈地内有一座坟，乃明代抗倭将士的合葬墓。据载，明嘉靖年间，戚继光率兵自仙游追击倭寇至漳浦盘陀岭处与倭寇鏖战，虽大获全胜。但阵亡将士80余人，戚继光将他们合葬于此，此墓现已属县级保护文物。据说当地老百姓又称它为“和尚墓”，因为这80余人都是尚未成家立业的年轻人。闽南人把没有结婚的人都称作孩子，当年，这些为国捐躯的孩子的父母和兄弟姐妹们承受了怎样巨大的离丧之痛。娱乐至死的现代人还有这样细致的悲悯之心来思考这个问题吗？

这座坟，与供人消闲娱乐的氛围、格调显然不相符；看过一个报道，苏联常有新婚夫妇拜谒烈士墓，敬献花圈，一种饮水思源的感恩几成定势，俄罗斯真是一个伟大的民族。但中国人是避讳的，怎么办？幸得高人献策：何不就此建立武人茶苑。于是墓台高筑，石阶雕栏、栽竹植翠，颇有气度，亦为一番景色，也算对得起先祖英烈了，何况，我们这个历史上苦难重重的民族，有多少被遗忘的英烈荒冢呀。

这里游人清疏，茕立此地深感寂静与肃穆。是的，英魂是需要安息的。可当我望着不远处热闹的日本茶道馆时，便有了被冷漠、被遗忘的感觉，一种被讽刺的意味。

其实，中国的武林，那些过去江湖上倚剑长啸、落拓仗义之人，多被称为武侠、大侠、武林豪杰、绿林英雄，等等，而不是“武人”一称。“武人”似乎有着东洋的味道。还有，戚继光将军，我这位拔剑光寒倭寇胆的老乡，是中国历史上著名的爱国将领、民族英雄、杰出的军事家。戚继光将军本人还有诗句流传后世：“封侯非我愿，但愿海波平。”与“一将功成万骨枯”有着怎样不同的境界且不说，只说这诗写得大气磅礴，才华横溢，实乃文武双全。怎一个“武”字了得？这是世上最美的墓地之一，它应该有更好更合适的名字。

赵家堡

漳浦湖西硕高山下有一座神秘的、建造于明历二十八年的城堡。据载，南宋末年，宋太祖赵匡胤的三弟赵匡美之十世孙、闽冲郡王赵若和侥幸冲出元军重围，在此隐居。将元尘夷音、血雨腥风堵截于外，让帝王残梦、夕照断垣残喘于内，一脉皇族血亲得以沿袭。赵若和的十世孙赵范按北宋故都布局立意，倾其蓄资修建而成。黄钟重铸、瓦釜再鸣，聊以皇亲国戚之梦。赵范的儿子赵义又于万历四十七年扩建。堡内至今遗址文物丰富，构筑原貌犹存。赵家堡除了完璧楼及裙楼为堡主所居，更多的是平房，供族人们居住。在古中国偌大的版图上，漳州非天朝古都、战略要塞或通都大邑，只是一个地远天偏的南部小城，它远离政治、经济、文化中心，无战陈之急，少了兵械相见、狼烟战火，民风也较为淳朴、生活富庶，可以过男耕女织的小日子。在五千年的民族苦难史中，这纤柔和顺的闽南一隅就成了藏匿苟活的隐居地，多少有点世外桃源的味道，也因此招来一些骚人墨客，或官场失意不得已而来，或看破红尘自愿而来，或抚琴泛舟，或游山望远。朱熹、徐霞客等都在此留下了许多印记。

这是被荔枝、枇杷、番石榴等各种闽南果树、菜蔬、野草花环抱着的城堡。城堡里人丁兴旺、猪欢狗叫，融融的、丰足的农家味让人感慨，感慨这座方圆五里的城堡，已在历史的演变中成为一座村庄，一座由城堡组成的村庄。虽然，后来的建筑物模糊了历史的面容，时间也早已抹去了先祖的亡国之恨。

可是当初，想东山再起的赵若和那一辈皇族苦心经营，城堡建筑皆为北宋都城开封模式，俨然一个缩微汴京。所谓的“完璧楼”不就是取“完璧归赵”的意思吗？那完璧楼三个字自然是繁体字，“完”字写得很艺术，很像“宋”字，那“璧”却是写成了左右偏旁，左边下写成了“王”字，看到这些历史的谜底，已经很清楚了吧？是意味着王者只有半壁江山了？其实也只是些苟且偷安的残山剩水了，真是令人感叹。谁能抵挡历史的潮流，总归是回天无力，低下高贵的头铸剑为犁了。这里的人与物已和闽南别处的村落里的并无二致，这些曾经不可一世的皇亲国戚早已被同化成闽南人了。同化的力量如同一个大染缸，无论什么颜色的，什么材质的，投进去，立时就统一了。起初也许老一辈的皇亲国戚还保留着本色，可孩子们是易变的，他们先是跟当地孩子学会了闽南语，渐渐地，入乡随俗，一代又一代再看不出祖辈们的北人血统与外貌特征。不得不说历史其实是寻常百姓书写的，也包括这些已是寻常百姓的赵氏后裔。

土楼

气宇恢宏、淡定自若。这是我第一次看土楼的感受。确切地说，那是 21 世纪中的某一天，我在漳州华安仙都的土地上仰视二宜楼和在漳州南靖的山顶上俯视山坳里田螺坑土楼群时的感受。而它们都以一种超然的宁静直逼我的卑微。假如地点不变，时间推到 20 世纪 80 年代中期以前，那它就是老土、保守、落后的代名词，甚至是丑陋的。看来，我们一直被自己的看法困扰了数百年，从未想过它其实是建筑界的尤物，是家园、是摇篮、是花朵。想不到美国总统里根有着如此胆怯而又超凡的想象力，把这些藏匿在福建闽南山区的古老城堡式建筑想象成核设施。这样一来，土楼终于声名鹊起，成了世界文化遗产，成了旅游胜地。

泥土、红糖、糯米、鸡蛋，木片，比起帝王贴金嵌银的城池，它是贱的。可这些贱的一旦紧密地夯建组合在一起，便固若金汤地显示出一种不可小觑的力量，土楼外围犹如城墙般坚固，当年国民党军将土楼里的红军围困了两个月，数次点燃炸药，土楼却巍然屹立，国民党军只能以失败而告终。

土楼内的采光、通风、供水设施绝妙而独特，但更绝妙的是二宜楼土墙上的那个被称为“原始门铃”的传声洞。人在墙外喊话，楼里的人都能听见。其中奥秘，建筑学家和声学家至今无法破译。里面的两口井更是神奇，亦是无人能解答的。两口井被称为阴阳二井。冬季，阴井水冷、阳井水热；夏季，阴井水暖、阳井水凉。

裕昌楼建于明成化年间，里面的梁、柱、楹都是歪扭、倾斜的，最大的倾斜角15度，看去让人胆战心惊，好像随时都有坍塌的感觉。然而，五个多世纪以来，裕昌楼经历了无数次的狂风、暴雨、地震，亦是撼其不动，就一直这么倾斜地矗立着。百年沧桑后，依然倾斜地矗立着，骄傲地漠视一切可朽坏的生命。那么多写生的人趋之若鹜，他们静静地和土楼对视，一会儿画板上就布满了水墨的、油彩的；淡色的、浓色的青山、碧水、土墙、黑瓦……我是不敢和土楼那些睁着眼似的窗对视，这些眼睛已经不打盹地注视了上百年了。裕昌楼就像一个病病歪歪的人，却活得比许多健壮的人更长寿。

载《北京文学》2010年第6期

隐秘之味

1

我这把年纪的女人，于市邑街衢、寻常巷陌的回头率绝对是的士司机创下的。

马路一旁正在施工，嘈杂、喧闹；另一旁，九龙江依然如秦时一般地流动，江风从碧叶间穿过，偶有青雀飞出，划出虚空的逶迤。岸边荔枝花的开落也是同样的姿势，有热烈振翅的蝶企图靠近荔枝花蕊，像是秘而不宣的事物。我们也是这样相遇的。每天有多少人在我们的视线中消失？那些匆匆的、熟视无睹的过客如落英瑟瑟，在这落英中穿梭久了，人就老得寂然。他说我的身材像模特，他的眼神带着惊艳。日光正好把我的形体勾勒在地面上。我的眼神一定暴露了内心的雪崩。是的，但我不知道我是否掩藏起我眼神里的惊艳，是的，我也有惊艳，他太帅了，我说谢谢！之前，这样的事，我总是假装愠怒来掩饰内心的喜悦。那时，异性眼里的炽烈能挪动雪峰。以为这杯美酒永无穷尽，曾几何时，却已清澈见底。人类为了延缓衰老，一切都在加速，加速生产着美容霜和一切能抗衰老的保健品。这时，对面走来一群男孩女孩，蒸腾的生命之气扑簌簌地往外冒。有了年纪的人都是内敛的，粗皮老肉像一道厚重的防盗门。就像越是穷的人越是捂紧了他的钱袋。

他又说："我们交个朋友吧！"他向我索要电话号码，说有空请我喝茶。我拒绝了他。他转身离去，缓慢地转身，依然裹挟着一股热带风暴。看着他的背影，我忽然沮丧起来。我听到太多的人说我像运动员，他们都是老眼昏花的人，我虽有运动员的身高却没有运动员的素质。上学时，我总是体育课的低能儿，连最低的跳高栏也跨不过去。赛跑时，蹲卧在跑道上等待那声预备的枪响，我手脚发软，瑟瑟如同等待一颗射入我体内的子弹。做什么都是需要天赋的，我的天赋不在运动上，他真是个聪明的男人。我把这样的相遇称为艳遇，我喜欢"艳遇"这个词，它令我想到"蛇目菊""太阳雨"这样的意象，那里面蛰伏着凌厉的美。我嗅到了隐秘之味，旧光阴里的气味，想起多年前一个陌生男人的笑容，我们相向而行，他骑摩托，我走路；他仰头看我，我俯视看他。由远而近，就要擦身而过了，他微微绽开了笑容，那笑容像黄色的向日葵，那样激情，却又是拘谨的，真挚的，不含一丝杂质。那男人让相遇止于微笑，因为没有唐突，就多了尊重，带着尊重的赏识是有修养的智者。当然，他更多的表情隐在一副硕大的墨镜后面，梦一般的恍惚。这么想着，我就越来越沮丧。可我为什么要沮丧呢？我想起米兰·昆德拉的《本性》，在诺曼底一个小镇的海滩上，尚塔尔很想知道，与一个手推婴儿车，背上背着孩子，腰上携着孩子的男人调情是怎么样的。趁他妻子驻足在商店橱窗前的有利时机，如果她向那位丈夫轻声发出邀请，他会怎么做？

尚塔尔对自己说：我生活在一个男人再也不会回头来看我的世界。尚塔尔脑海中又萌发出一个奸诈的勾引念头：她跟在那些手持风筝线，眼睛盯着他那不断发出噪声的玩具的男人身后，当他一回头，她就会轻声用最猥亵的词汇向他发出性的邀请。他会有什么反应？不用怀疑，他会连看都不看她一眼地说：别来打扰我，我正忙着呢！

哦，不，男人再也不会转过身来看她一眼了！她把这个念头告诉了让—马克，并努力说得轻松些，然而，使她吃惊的是，她在自己的声音中听出了痛苦的忧郁。

隐秘的内心掩藏着许多的不堪。飘忽而过的才是美好的吗？为什么一直在寻觅向日葵的笑容，为什么一直在探索墨镜后面的深渊。有人说这才符合爱情的本质，缥缈的，不确定的，抓不住的。能抓住的已经不是想要的了。这也暴露了人内心的不堪，人总是不珍惜身边所拥有的。一个散文家说过："有缘是一支玫瑰，无缘是满地昙花。"可是人们总是对满地昙花更倾情，却让玫瑰一天天地消隐了它的红，变质了的红，蚊子血一般。

我又想起我同学的老公，一个小木匠。太久了，连他的名字都不记得了，却永远记得他临风站立的姿势和掷地有声的话语。小木匠，瘦小，其貌不扬。他的妻子是我小学同学，平时打零工，也是其貌不扬的。按今日话语，他们都是弱势群体。当年，他去岳父家求婚时说："我要让她幸福！"他们没有房子，只在他妻子单位厂房的一角废墟搭建了鸽子笼似的小屋，却被小木匠的一双巧手装点得温馨舒适，从外面的世界乍一进入就像进到了天堂。每每同学聚会，只有他俩成双成对，我从背后望着我同学的背影，仿佛有幸福要溢出来了。把边上一个珠光宝气的富婆同学比得一落千丈。那年，毛片在暗地里盛行，几乎所有的人都偷着看过。他们夫妻两个看完回来，小木匠站在风里暗自神伤，说："怎么可以那样？没有爱情！"自始至终他看到的都是赤裸裸的性，却没有半点爱情的成分，在他看来，没有爱情是不能做那事的。他的"爱情"二字在一个滥情的时代振聋发聩如一颗炸弹。许多年来我一直羡慕我这位同学，许多年后我听到一个秘密，说我这位女同学曾经背着小木匠偷情多次。我震惊，内心深处某个地方忽然疼痛起来。

2

我家附近广场的木棉花开了，晨起，绿茵如洗，万绿丛中点缀着酡红与金黄，煞是好看，去那里跑步神清气爽。只是，广场管理员过于热情，总是前来搭讪，招呼喝茶。于是便不敢靠近他的亭子。并非所有淬火的目光我都能接受。偶尔还被摩的司机盯上，把我当成那类女人。愤怒之后，发觉自己并不怎么生气，内心还很虚荣。因为我一直认为做那种事的女人大都漂亮。我心里想，哪个女人不爱漂亮？有位哲学家说："女人的绝色美貌等于男人的炙热权势，都是不可一世的。"我喜欢古人这样形容美女："玉指纤如揉荑，肌肤腻于凝脂。细颈白似蛴螬，皓齿均若瓜子"我也喜欢冰心的《关于女人》里说到的：第三种女人，是鸡群中的仙鹤，万绿丛中的一点红光，在万人如海之中，你会毫不迟疑地把她捡拔了出来。事实上是在不容迟疑之顷，她自己从人丛中浮跃了出来，打击在你的眼帘上。这种女人，往往是在"修短合度，秾纤适中……芳泽无加，铅华弗御"的躯壳里，投进了一个玲珑高洁的灵魂。她的一言一笑，一举一动，都流露着一种神情、一种风韵，既流丽，又端庄，好像白莲出水，玉立亭亭。

后来看到亦舒的：这是什么年代，"美人"岂能只有一张脸。学识起码打五十分，仪态姿态二十分，性情品格二十分。看到了叶芝："爱你衰老了的脸上痛苦的皱纹。"看到了杜拉斯的《情人》："我更爱你倍受摧残的容颜。"

但这也是让人疑惑的，女人最初的资本也是女人最容易炫耀的资本。尽管自古就有：薄酒可以忘忧，丑妻可以白头。尽管有红颜薄命之说，有闭月羞花、沉鱼落雁的四大美人都不能善终之说，尽管有一本《简爱》在全世界狂轰滥炸，也没有起到多大的作用。于是一位女作家把这一切都推到了男人身上：“男人们爱貌、爱财，却不会爱才，哪怕是第六次浪潮冲击世界也不会的。”于是乎便有许多女人借助于现代的高科技，于是乎便有了中国第一人造美人、上海第一人造美人、广州第一人造美人，等等，不禁感慨女人对此付出的代价太大，不知该庆幸还是该悲哀。

远处忽然走来几个50岁上下的晨练女人，看着她们，我忽然就推翻了“漂亮是每个女人向往的”这一想法。起码她们不，她们衣着潦草、素面朝天、简单得不能再简单的发型，体态风度上也概无文人所形容的风韵、姿色。她们让我不由得想起旷野上那些野草，地道的原生植物，自生自灭着，悠然自得着。从不奢求被观赏。这样的女人是绝不会被误以为那类女人吧？相比，她们更接近自然之道。我想起一位很有才华的台湾女作家，是不修边幅的，眉梢眼角透露出骨子里的清高，她说，我不羡慕那些弯弯的眉毛，那些自然肉体的美。是的，她的才华让她可以傲视一切肉体的美。

庄子说过，有智慧的人，不会计较形貌的残缺和丑陋，残缺和丑陋也能免除许多的祸害。契诃夫说过，人的一切都应该是美，包括容貌、衣裳、心灵、思想。西方流传一句圣言：你因美丽心中高傲，又因荣光败坏智慧，我已将你摔倒在地……可是《圣经》约伯记，又特意强调了上帝赐给约伯的两个女儿是那全地最美貌的。可见有美丽的容貌本是好事，但也容易骄傲败坏。

葛丽泰·嘉宝的绝代美貌竟然成了她生命的负担。她张扬她的美貌，同时又逃避。她像一朵花，这朵花的凋零又偏偏是那么漫长，她维护这样的凋零让灵魂进入死寂。她总是穿着男式衣服，生活中仅保留着压低的帽檐，围巾和墨镜，很少的几位朋友。她说：“我一生的故事就是后门、边门、秘密电梯以及通往其他渠道进出的一些地方，这样人们就不会打扰我了。”

另一位女人，美国女作家格楚特斯坦。一个不漂亮的女人，她的生平很冲击我对美的认识。斯坦似乎没有年轻过，似乎年轻时就已经老了，在毕加索的画笔下，32 岁的她看上去却像祖母辈的人。一家旅馆的主人说她像个吉普赛妇人，她身着宽大的裙子，脚上穿着拖鞋，虽有侍女随同，可她自己看上去更像个侍女。海明威更是直截了当地说她像个意大利农妇。她的外貌就两个字：“老丑”。毕加索为她画的肖像画后来成为毕加索的招牌作品之一，在许多美术史书籍中都能看到。于是很多人评说她的画像：留着老式的发髻，黑衣素装，神情古板。

而我看到的是她的宁静与纯然，她的眼里没有任何讨好这个世界的低媚，那暗淡的眼光只有对可消逝的肉体美的冷漠和超然的蔑视。所以，她绝不会矫揉造作，搔首弄姿，自然没有通常意义上的女性美。她的精神超越了她的肉体。她曾形容自己：我在这辈人中是独一无二的。这句话里饱含着自信。她的自恋可不是我们认为的小资情调，而是决然的孤傲。

她确实是独一无二的，只有了解了她这个人，才能懂得她的文字。她的作品需要和她的生平一同阅读。解读她的外表同样需要了解她的内心和身世。独特卓越的人总是更难被人了解，她的作品在她晚年才走红。她出身富豪，一生衣食无虞，她在巴黎住着豪华公寓，收藏着现代艺术品，常在周末宴请社会各界名流。她简单随意，我行我素。她绝不会让自己活得像一个人质，绝不会把自己赊给生活的阴谋。20 世纪中最出色的艺术家和作家们在了解了她之后，都为她的人格魅力所折服。她的人格魅力直把她的文字都比得平庸了，黯淡了。

她作为女人是不美的，其实，人生来是不能为自己选择皮相的，人的身体和生命都是由不得自我做主的，即使貌如花月也终将老去。我想，美丽着老去是比年轻着美丽更具魅力的。

载《北京文学》2010 年第 6 期

在云水谣

1

从国道下车，走过一段看上去窄陡，其实好走的下坡路，再过一座木桥，云水谣就到了，是到了云水谣的土楼会所。

土楼会所是一座偌大的院落，正门对着那桥，桥的另一头你看不见它去了哪里，茂密的植被遮断了桥与路的连接。据说这里常常游客爆满，难得此时游人稀少，便想，若再有一条空船，就“野渡无人”了。那水是九龙江上游的一条支干，水不怎么清却很静，看不出它在流，其实是流速很慢。这里的一切都是慢的。会所左边是一面高高的土楼断墙，赭黄的颜色像举起一面岁月的旗幡。一个女孩刚在那里照了相，但觉那女孩清澈得没有一丝忧伤的眼睛，不适合用断墙做底子。断墙是悲怆的，这面含了泥土、红糖、糯米、鸡蛋，木片的墙，无声。这里，有了这面断墙，让你想到这里是有根的，有故事的，有神秘感的。这里，有了这面断墙就不一样了。

会所右边立着雕花石柱和一棵硕大的古榕，再往右是水洗石围筑的篱笆。篱笆里面种几株苞谷，苞谷后面有人家，这是多么亲切的场景，看见了苞谷很重要，看见了苞谷就看见了童年。苞谷，我最亲爱的农作物，我已嗅到了灶膛飘出的烤苞谷的香气……

要是站在会所阁楼的亭台上，这一切就尽收眼底了，还有那些植物的绿，那绿尤其盛，层层叠叠铺开，一直铺到很远的远山，这样望着，便有什么猝不及防的东西在内心扩出一个空白地带，一个与忧虑无关，与现实无关的空白地带，像是为着装下这里的景色而腾出来的位置。本想稍作休息，再细细观赏，我怕旅途的疲顿会消减我对异地之美的感受力。小憩之后就被叫去用午餐，在漳州生活过的人，没有不知道南靖菜的鼎鼎大名。一个穿着蓝底白花布衣的村妇，端出一盘盘的内山菜：生烫猪肝枸杞叶、内山咸水鸭、巴戟天羊肉煲、姜丝焖溪鱼、清煮苞谷等等山野之味草莽之鲜，很生态，又有家常的笃实安稳，不觉馋虫蠕动食欲大增。清炖鸡里鲜嫩的薄姜片比那鸡块还好吃；大块的青笋最是诱人，一上桌就没了；酸菜冬笋自是不可少的南靖招牌菜，绛紫色的鲜蕨也是不可少的；这里还独产一种叫“粗鲢”的鱼，肉极鲜，鳞可以吃，且很好吃。据说这种鱼无法养殖，市价便一路看涨。我想鱼鳞含钙量高，就想多吃点补补我那条受伤的腿，只是鱼刺也多，对于我这样舌齿笨拙的人，总要小心下筷。

2

这会所是当地一位作家与人合办的。我发现，很多作家干起写作之外的营生也很精到，眼前这院落的创意就可见其大匠心。庭院正中的一壁墙是鹅卵石砌的南靖土楼模型，就是那个著名的“四菜一汤”——田螺坑土楼群。庭院内外地板也全铺了鹅卵石，那花纹是以一盆栽观景木为中心，放射开来，看得眼睛有些晕玄。我眼睛为之一亮的是土楼会所总台那三面壁钟，那不是星级宾馆大堂惯常的除北京时间，就是伦敦、华盛顿、巴黎时间，等等。这三面壁钟，一个是北京时间，一个是土楼时间，再一个是云水谣的时间。土楼的时间要比北京时间晚一个钟头，这和我此时的内心很契合。面对土楼，你的时间就会慢下来，慢下来了，引诱你去怀旧，它们是过去式的。云水谣的时钟，钟盘里少了秒针，时间是停滞的，停在早上八九点钟的时候，那是亘古洪荒的八九点钟。云水谣是没有时间的，在这里，你对时间的感觉是迟钝的，它延长了你对人生感觉的过程，那种长闲，水滴般缓慢的快乐，也只有这里才能承载。这里让人没了在世感，悬空的、游离的，它不受时间的框限，仿佛不是物界的。这里就是一部穿越小说。我忽然悟出，时间是有“现实时间”与“心理时间”之分的。

再看这构成闽南农家味的庭院，都是小时候我们眼里很土的东西，诸如院中的那口古井、三两棵古木、两盘石磨、挂在屋檐下的几件棕衣、石磨盘边上的那口水缸，高高挂起的大红灯笼，还有庭院门楼那原木楫成的木栅。这些也曾是组成我童年生活的物件，这些物件熟悉得让我想落泪，它们勾起了我的乡愁。这些很土的东西已是身价百倍了，据说，单单院中那棵虬曲的三角梅古树就值很多大元。这些很土的东西是和地老天荒最近的东西，它们能带着你的魂往回走，一直回到童年。那一长溜上下两层的老式木结构房便是客房。红砖地板，木窗木门，镂花窗棂有点苏州园林味儿。客房是以土楼的名字命名的，全是那些已成“世遗”的土楼名。我下榻的房间就叫“长源”，这名字多好呀，源远流长永不枯竭，无论是生命的源泉，或是财富，或是创作，都需要这样的祝福与暗示。

3

太阳一点一点地下去了，同来的作家们都到村子里溜达去了，我坐在院中的石凳上等他们。对面是破败的房屋，长长的屋檐，黝黑的椽木参差着，这就对了，如果它们太规整光鲜，恐怕就没往昔的感觉了。和我同住一间的小黄回来了，说是捉了萤火虫回来，又说死了，很遗憾，要是不死就好了，我已经很久没有看见过萤火虫了，一切都是久违了的感觉。夜色渐浓，天却不暗，忽然就想起今天是农历五月十四，抬头看天，月亮果然很圆，正合了《枕草子》描写夏夜的那句:“夏天是夜里最好，有月亮的时候，这是不必说了，就是暗夜，有萤火虫到处飞着，也是很有趣味的。”是的，萤火虫死了，但月亮很亮，这就够了。

夜幕下，会所成了朦胧的建筑物，衬托着两个亮点，一个是上帝的杰作——月亮，另一个是人的杰作——灯。人的杰作天天看，上帝的杰作却被遗忘很久了。一会儿，溜达的人都回来了，就都围拢石桌来吃茶。张先生是从福州来的，多年前就认识他，他文学科班出身却不写，他经商。但他看，他二十年如一日地看，他看得还真多真广，论起许多作家他如数家珍，他给了我鼓励，一见面他就说他常看我博客，说喜欢我的文章。这是我不知道的，他从未在我的博客留下蛛丝马迹。现在还有几个人能静下心来读文字，读我这样博客里的文字？我非名家，博客点击率低。记住了这一夜，月明如练天如水，我们在土楼会所前的石桌上吃茶看月聊文学，这一夜，人心也如练如水般柔和平静。

4

回到住所已是午夜，床头柜白瓷镂空雕花的灯罩，古典是古典了，但有些欧洲味儿。灯光的强弱随旋钮左右控制，我把它旋到最微弱的光，暖黄的色调，这样才符合一个乡村小院的夜晚。可我依然睡不着，太清醒了，醒在过去了的某个场景里。再一想，在这样美好的夜晚醒着是对了，这样的夜晚要是睡去了多么可惜，多少的热闹繁华可以错过，这样的夜岂可多得？夜气很黏稠，随风涌入原木的镂花窗棂与暗绿的竹编窗幔，便感到垫褥有些潮润。我们没有开空调，没有插电蚊香，有几只安静的蚊子，不动声色地吸着我们身上的血，似乎也跟这夜合着节拍。窗子对着的正是那棵三角梅老树，白日里开紫色的花，毋宁说是三瓣紫色的叶子抱拢来的。夜幕下，颜色已被消融，只觉其铁骨般根盘带了些魅态，紧挨着它的是石碾子水磨，还有古井与轱辘。一整夜，有水的潺潺声不绝于耳，不知是从哪里传来的，忽然就想起小时候听来的鬼故事。但也不觉得怕，这样的良辰是该有狐狸精出没的，腾云驾雾地来，来了就实在地告诉你："我是狐狸精变的！"，走了就化作一阵青烟。也许我不是英俊书生，狐狸精也就不来。

我和小黄一起失眠了，在夜半三更时，她忽然冒出一句："1872年……"更增了这夜的幽冥之气。辗转不眠的她，在构思一篇文章，思绪正落入李鸿章在那一年发起的洋务运动里。有时，真实也需要一些虚幻的帮助，就像光照在绿叶上，与背阴的叶总是不一样的。

5

六月的闽南山庄，天一亮，阳光就很艳。隔了河，看对岸大片绿野，泛着些灰白的薄雾，这是拍照的好时机，大家都抓了相机往外赶，腿脚好的去了更远的地方拍土楼。只有小黄陪伴我，沿一条水洗石古道而下，她跟在我后面，看我蹑蹑地、一迈一迈地在一块一块的水洗石上走，她是在保护我，她跟在我的后面，阳光跟在她的后面。现在，我们脚下这条道被重新命名了，叫作："云水谣古栈道"，包括这个地名也改了，本来也不是叫云水谣的，原来好像叫"长教官洋村"，自然是因为那部《云水谣》的电影在这里拍摄，让我感觉到影视的大威力，靠着一篇《桂林山水甲天下》的文字让一个地方兴起的事怕是再不会有了。影像雄起，文字阳痿，已是不争的事实。

我不时地还要坐下来休息，我们面江而坐，江那边多是山竹，也有芭蕉、芦苇、凤凰木，以及叫不出名的植物，这些原生的草木、共同编织了江畔丰腴的绿。我们坐在一处石阶上，石级上是一个土坪，住着寥寥几户人家，一个老者倚坐在一棵古榕下，我想这样地方的人寿命一定长，我没做过调查，是从这样一个老人一棵古树想到的。在这里，活得最暴烈的要数那些古榕了，一路走去遇见好几棵，都是遮天蔽日状，让我想到那首歌："好大一棵树"，一点也不夸张。据说这些古榕树都是千年以上了，好家伙，一个人活到一百岁就了不得了，可是和树相比又算得了什么呢？

我知道再往下走，就能走到云水谣古镇，就是电影《云水谣》的拍摄地，那里有更多的古榕树，我以为"云水谣"三个字最能诠释这孤村老树的地方。在这里很适合谈一场地老天荒的恋爱，就像《云水谣》的剧情，那20世纪40年代两个台湾年轻人的爱情故事，那样传奇的爱情故事，今天看来，有惊天动地之美。剧组的人真聪明，他们选了一个最适合剧情的地方。这里曾因为土楼这独特的文化符号，现在又因为电影《云水谣》这传奇的故事，更加显现出独特的乡村之美。一个能欣赏独特的乡村之美的人，也一定是一个能欣赏所有美好事物的人。

我们走过了一间承载旧时光的房屋，墙壁上还留有模糊的字迹："听毛主席的话，读毛主席的书。"我赶紧用相机收藏了这旧日时光。我不知道能否坚持走到那个古镇，小黄说，对她来说很近，对我来说也许很远，我就又坐下来休息，年轻的小黄被我拖了后腿。传来两声狗吠，一个村妇在水边浣衣，一只水鸭怡然自得地从她面前游过，一点也不怕人，鸭身后人字形的水纹不断地扩展着，天空不是很蓝，几朵淡云飘着，空中飞起三只鸟儿，其中一只在半空中扑扇着翅子，忽然扭转头来吞下一只飞虫，我被这罕见的一幕惊住了，我没有打开相机，我知道来不及，只是“哎呀——哎呀——”地叫着，并把这一幕叙述给一头雾水的小黄听。这在童年时的乡村是稀松见惯的，现在是罕见了。一只毛毛虫一伸一缩地爬到了我脚前，小黄用树枝挑起来，这只毛毛虫绚丽的色彩让人恐怖，在城里，这样的恐怖也是罕见的了。我记住了这个时辰，记住一种丧失了的时光的滋味。我记住了这个时辰，在云水谣的这个时辰我邂逅了一大片的植物、空中的飞鸟、水里的鸭、地上的毛毛虫，还有水边的浣衣女，坪上的老人。我想，云水谣的灵魂就包含在这鲜灵灵、活泼泼的时辰里了。

我这两年多来腿脚不便，先是被四壁所困，再是家门口有限的空间，此刻我想狠狠地记下这幸福，不犯下对眼前美忘恩负义的罪，大自然的馈赠怎能不感恩呢？幸福是看不见的，但它是有密度、浓度、量度的。此刻，我的福杯满溢……云朵儿在天上飘着，鸭子在河里游着，这是一曲民谣。云水谣在云里、水里、民谣里。但云水谣并不轻浮，它是有根基的，它的根基就是那个叫“历史”的东西。

载《厦门文学》2012 年第 6 期

似是而非

一把锁能锁住些什么

一把锁能锁住些什么？

一把锁能锁住的东西太多了，珍珠翡翠、金银细软等一切的身外之物尽数托付于它吧。我们天天与锁打交道，日出而作，我们把不能随身携带的财物交给它保管；日落而息，肉身与财物一同交付于它。它担负着人身与财产的安全。在黄山天都峰，吸引我眼球的除了奇松、怪石、云海、温泉这四绝以外，就是山顶那把巨大的锁了，名曰“连心锁”，好像是黄铜铸成的，锁身是两个连在一起的心形，上面三个浮雕的大字“心连心”。它周围的栅栏上挂着密密麻麻的各种锁，有的很新，看得出是刚挂上不久的，还没有被风雨日光侵蚀，有的已是锈迹斑斑，将要逸出时光的篱笆。我想，那些锁的主人现在怎样了，还恩爱着吗？是否有些情感也像这锁锈迹斑斑了，终不抵岁月的侵袭？一天天地腐烂着。

我正准备拍摄这把大锁，一对不知是80后还是90后的青年男女，遮住了我的视线。他们正在把一枚闪着金属光泽的锁锁在已不堪重负的铁索上，其实已经没有空位了，只是锁在别人的锁上，那男孩随即抽出钥匙抛下山崖，那手势那神态像是一切都落入他的掌控之中。据说这样表示谁也找不到拆散他们的钥匙了。他们那样的兴致勃勃，脸上的表情告诉我他们正在热恋，他们不仅要锁住今生，还要锁住来生吧！据说这种风俗在黄山已 20 多年，据说情人节那天景区一天就售出 300 多把锁，多好的生意呀。除了天都峰，莲花峰、排云亭的护拦也挤挤挨挨地挂满了锁。它们一日日沐风披雨，肩负着主人“爱情天长地久”的大任。可是，离婚率也呈上升趋势，人的情感更像会变异的病毒杆菌，不如这些锁牢靠。

民间早就有长命锁、同心锁之风俗，或是挂在脖子上，或是藏在箱柜里的。而连心锁却挂在这崇山峻岭之上，有点爱情至上的感觉，也有点好险好玄的感觉，情感这种精神层面的东西，却要弄来这物质的东西代替，说破了是一种“拜物”的心理作祟，一种脆弱与无助的体现，总归有些“欲凭江水寄离愁”的味道。我想，倘若我处在他们的年龄，我是否也会这样做？只一会儿，我就知道答案是否定的。这样冰冷的铁锁，总让我想到囚禁与挣扎，而爱情是早春清晨的第一滴露珠，是绽放、是破碎，它不能被锁住。

倘若这些金属真能锁住人的什么，那还是不要的好，人生的捆绑已经太多，需要的是解锁，而不是加锁。一把锁只能锁住有形的东西，也只有有形的东西才需要捆锁，人的情感、品德、智慧等无形的东西又怎能捆锁呢？作为人，自由意志的那部分是最能体现人的尊严与尊贵的，自由赋予人选择权，人无论何时都能自由地来去、聚散，多么美好。

当然，选择是痛苦的，福兮祸兮？倘若上帝在的伊甸园里，没有栽种那两棵树，生命树与智慧树，倘若那两棵树上不结果，那么人的始祖亚当、夏娃就不会犯罪了。可倘若真是这样，也就没了选择，没有了选择意味着没有了自由。就好像对一个人说，何去何从你自己看着办，却只给他一条出路。刀架在人的脖子上逼迫人去做好事，所做的好事不能算品德高尚。只有在自由状态下的所作所为，才是品德的体现。

我家过去的一个邻居，那夫妻俩是整日里出双入对，好不恩爱。忽然有一天他们离婚了，让所有的人都吃惊，我忘不掉那个为妻的说的话:“我再也装不下去了……”原来他们的看似无比恩爱，都只是假装的。我想，宁要一束会凋谢的真花，也不要那些永不凋谢的假花。只有无形的才能锁住无形的，比如责任之于婚姻。

当我攀向另一座山峰时，回望，碧云冉冉，那些沉甸甸的锁，反被那轻盈缥缈的云雾给锁住了。

花非花，树非树

看花看树，亦能看出些世事人情的意味来。

公园里的郁金香开了，花色繁多，姹紫嫣红地聚在一起，柔弱之花的“怒放”竟这般汹涌，让赏花人的欢愉暴涨。什么颜色都有，就是缺少了黑色，便想起大仲马《黑郁金香》里的黑郁金香，为了这黑色的花，演绎出多少的善恶美丑。但现实中没有书中描写的那种墨玉般黑得发亮的郁金香，我在网上搜索，只有接近黑色的，其实也不怎么接近，是深紫色。我想，真要有黑色的，那一定是美到恐怖的，这让我想起埃及艳后、妲己这样的女人，狐狸精变的。

隔两天再来看，这些夸张的色彩里便多了些衰色，就想，花与人同道，往往太快太过的显赫，衰败也快。它们像被火点着了，开得很有声势，却停不住，很快就开过了气，花瓣垂落一地，沧桑如美人的迟暮，惨不忍睹。

绣球花，淑女般洁净，花与叶同色，不显山露水不张扬，却给人不事奢华的大美。它是清高的低调，带点洁癖，不屑争艳之事，不要绿叶陪衬，似乎要借绿叶把自己的美遮掩起来，无奈天生丽质难自弃，反倒风助了火势般地更助了那美。

然而，那些明艳的花，太过于注重外表的美，极尽所能地把心血耗费在此。于是便顾不及香气。桂花与含笑可不。

我奇怪，桂花与含笑这两种植物怎会在花香里掺杂着甜味。本来，甜味属于舌头上味蕾的感知，比如白糖的甜，我们嗅不到。可是，桂花、含笑的香与甜都让鼻子独享了，让嗅觉与味蕾功能合并。甜味是黏滞沉坠的，香气是飘逸轻扬的，它们本是殊道的，但香气携带了甜味一起飞。因此，桂花、含笑便是我花中的挚爱。有人专门在宅院雅居门旁植下这两种植物，起初我窃喜，以为是所爱略同。后来知道不是那回事，并非因为它们的香甜，而是因其名与谐音，把含笑、桂花等同“含笑迎贵（桂）客”的意思。

除了桂花、含笑，还有茉莉等所有不起眼的，却很香的花，它们很像那些不事外表的，把精力放在工作家庭上的女人，她们多半是知识女性，宁愿花开得不那么艳丽，为了奉献出自己的香气。世人对于花，各取所爱，就像男人喜欢什么样的女人，全凭心性。

昙花，那样的皎洁如月，即使在无人观赏的夜里，也盛开得如此隆重。像孔子所说的君子，在无人处更注意自己的品行。我永远忘不掉我与一朵昙花对视的那个夜，那时我在一家工厂医务室上班，上夜班的路上，我看见在被废弃的城墙一隅，一朵无人观赏的昙花寂寞开放，我惊讶于它的美艳，我原以为“美艳”或“艳丽”是指红色、黄色、紫色等颜色的花，不包括白色的。此时，我相信昙花的白是最艳丽的。它以它的美艳空出一个寡淡如水的夜晚供人惆怅。我怎能不惆怅？在明日的晨光到来前，它将寂寞凋谢。这还不够，突然一只蛾子飞来，肆意玷污它冰清玉洁的花躯，一条沟深深阻隔了我，我忽然流泪了，它让我想起世上那些红颜薄命的女人的命运。

看多了百花缤纷，再去看不事张扬的树，便有另一种韵味，尤其是小巷深处的古树。小叶枫，我看到同一品种的树同时出现两种颜色，一棵翠绿的，一棵绛红色的，两棵不同颜色的小叶枫并排在一起，就有季节交错之感。我就曾拍摄下这样一张照片珍藏。

法国梧桐是能够烘托气氛的一种树。总让我想到某个场景，一座有着百叶窗的小楼，庭院里有鲜花绿草坪，还有优雅的法国梧桐。当音乐从远处传来，秋季的落叶抑或冬季的雪做背景，一切都是旧时光的气味，这样的想象便成了。

香樟树，这种常绿大乔木气势雄伟、材质上乘，其特有的气味可驱虫防腐。多像是让人心仪的好男人，那铜皮铁骨非奶油小生可比，翡翠般的叶是他浓浓的真情。

桃花，一棵开花的树，像是被男人举在头顶、抱在怀里的女子。去看桃花时，细雨打湿了路面，桃花却依然灼灼，像一场盛宴里潜着残羹的荒凉。桃花是带些风骚的，向来，人们对桃花是矛盾的，她让人想到色情，想到“桃花运”，想到风尘女子。这真是一种对男女情事太过给力的花树，别看它花色素淡，甚至它一开，精神病便复发。无论是好是坏，人们对它的喜爱总是难以抑制的，回头率仅次于玫瑰。很多诗人把它写进诗里，我喜欢唐人钱起的“桃花徒照地，终被笑妖红。”把桃花的意境表达得淋漓尽致。

漂流

漂流，它其实是一段情感经历。

远眺，溪流像插在天地间的一把竖琴，那一个一个的漂流者，像一个一个跳跃着的音符。待到了近前，天蓝，水碧，浮华烟火已被激流声遮蔽。那激流声忽大忽小，像大漠的风声。

我是个胆小的人，不敢做攀岩、蹦极、滑雪等时尚探险，独独对水有些悟性，40岁那年只身下水，6天自学了游泳，敢到深水区。自觉可借水来演绎一番勇敢。但当我上了皮艇，皮艇立即在激流中如脱缰的野马，我还是有些怕的。特别是那些花容失色的水中美眉高声尖叫，她们的情绪很快感染了我。

上游礁岩林立，从上游随波而下，水势湍急，急浪涌处一啸百吟。溪水不停地溅在我的脸上身上，不知怎么忽然就想哭，说不出是快乐还是悲伤，那些藏匿在我心底深处坚硬的东西像是忽然得到了释放。我想，怎样的情绪，都可以在这里放声痛哭的，人们是分不清泪水和溪水的。问题是悲伤的人不会想来漂流。

我把我此刻的心绪交付给这溪水，多少有些像隐于野、隐于市、隐于朝的高人。几处突兀的礁石，一路错落逶迤地护着溪流，礁石，千年万年屹立不动；溪水，千年万年滔滔奔流，让我们的尖叫声显得多么微不足道呀。

溪道落差，跌水飞瀑连环。一半以上的溪道是那样的湍急，让我的一颗心总揣在喉咙眼里，让我一腔的血总是热着、追逐着溪流的速度。糟糕的是我驾驭皮艇的技艺太滥，在这九曲十八湾里，小艇总是一忽儿左，一忽儿右；一忽儿上，一忽儿下。像欺生的驴马硬是不听我使唤。探险是人的欲望，“人的生命诚然是无价之宝，但我们却总是在行动，就好像有什么东西在价值上超过了人的生命似的……但这东西到底是什么呢？”《小王子》的作者安东尼·德·圣－埃克苏佩里在夜航时想到的问题，只有在这里，我才开始对这段话仔细琢磨，是的，这东西到底是什么呢？似乎是生命里埋藏着的爆发力，需要寻找出口的一种力量。

我看见溪流伸出无数的手，切、冲、撞、攫、攥、揉、搓、捶，这是大自然最巧妙的手，仿佛要把我平庸麻木的生活揉捏破碎。忽然溪流一个大的落差将我掳了走，只觉小艇箭一般冲入下面的潭涧，狂飙跌落，我一声尖叫，衣襟发鬓亦是飞花溅玉了；血流加速，一道灼热直贯奇经八脉，这一瞬凌厉而精彩。一次次的落差跌宕，一声声的高分贝尖叫，一回回头脑放空……

一股砭人肌肤的凉，让我睽离了的思绪重回自身。小艇进水了，这可怎么办？我急急地用双手往外斛水，一不小心小艇卡在了两块凸起的岩石间，不能动弹，我用浆楫撑呀推呀，小艇丝毫不动，这小艇像我桀骜不驯的心，不愿随波逐流了？那些擦肩而过的小艇、竹筏的驭主们都是一副爱莫能助的表情，我不想等了，我小心翼翼地从皮艇爬到露出水面的岩石上，硬是把皮艇从石涧里拽了出来，我高兴地喊着“成功了！成功了！”后来，我又卡了一次，就不那么紧张了，每一次战胜环境都是极大的快乐。仿佛现实里的我太怯弱，此时要多给我一些表现勇敢的机会。

半空忽炸霹雳，抬头，方才疏朗的天空已是阴云密布，顷刻间天降豪雨，鞭子一般地抽在脸上身上，还需躲避吗？早已和水融为一体了，说不尽的酣畅。然而，云开日出也在须臾之间，反倒给我留下些遗憾。

不知过了过久，只觉得水流缓了，悠悠然渐入平阔之域，但见清流如缎，水声也变得舒缓，如琴、如瑟、如笙、如管，亦是它们的合奏，是天籁，是宇宙大音。亦如坐看云起时，对沧桑浮沉回眸一笑的恬淡，有惊无险的心终于可以放下来了，这惊险带来的快乐也放下了，说不出的失落感。3个多小时一晃而过，心里想，怎么就3个多小时了？3个多小时怎么可以这么快？感觉不是人间的时间，有仙界一刻钟，世上已数年之感。真想在此为生命的流失做个纪念仪式，真想就这么湿漉漉地待在皮艇里，不再上岸，直到地老天荒。

载《阳光》2011 年第 3 期散文头题

大麦裤

我想我是老了，我的老去如此遽然。确凿的标志是我忽然爱上了大麦裤。是小时候看老妇女们在夏天穿的那种宽大的短裤。

那时候的我觉得那些女人真要命，怎么穿这么老丑的东西，一点也不注意形象。很长时间我都以为大麦裤是女人到了让男人不感兴趣的年龄，绝望的年龄的标志物。再后来看了一则报道，说久坐的女性易患妇女病，尤其是不能穿紧绷在身上的内裤。我对内衣比外衣讲究，都是那种紧绷绷的牌子货。于是便警惕起来。我是“坐家”了，坐功了得，健康也要注意了。

一日在市场上看到花花绿绿的大麦裤，心想穿着一定凉快，又不得病，何乐而不为？就买来穿了。天啊！“金风玉露一相逢……”，原来这老丑之物竟是如此好东西，哇！老了真好！这天大地大的宽松，舒适，使得原本被禁锢的皮肤，那些见不到风的细胞都跳起了狂欢舞。它们实在是被饿了太久。如冷宫里等待宠幸的老宫女，一朝选在了君王侧。

有人说我穿得挺前卫，被单位里一些人誉为我那个年龄段的新新人类。闲来无事，开启衣柜，天哪，我怎么储藏了这么多的衣服：出位的、惆怅的、讷言的、喧闹的，那层层堆积的心事便扑面而来，为N种恋衣癖寻找理由。有的是昨日流水，芳馨已灭；有的雕栏玉砌犹在，朱颜未改。我还自恋：前卫是一种超俗的见识与品位，需要一种特别的勇气与承受能力，“敢为天下先”是它的显著特点。

看见一个资料上说一个服饰小店的名字叫“皮肤而已”，觉得新颖。美女都是包装出来的，不是都说“三分人，七分妆”吗？这个年代赝品盛行，也包括美女。不禁想，如果我开服装店，名字就叫“皮肤的赝品”，这一定是真理，我相信大多数人能读懂真理，但这需要一个过程，那我的服装店就会在这个过程中亏了本，真理往往是要付出代价的。忽然就想，这大热的天人为什么要穿衣服？我们单位曾有人开玩笑说，假如颁布一条不准穿衣的禁令，三天内必躲躲藏藏，三天后就不以为然了吧？他的话有无道理读者自然心里有数。只有“裸泳浴场”和这理论最接近了。据了解，我国在公共旅游区设置的裸体浴场已有两家，迄今为止仍备受争议。想那赤裸裸的真理自然让美丑无以混淆，鱼目不能混珠。扯远了，还是享受我的大麦裤吧。

很久没上 QQ，忽然想上去聊几句。对方问：有视频吗？

没有。

为什么不装一个？不贵的。

为什么要让你看我的简装？

载《散文》2010 年第 3 期

红色记忆

朱德故居

我被时光长河的某个节点击中，忽然就站在一九三一年五月三十一至七月十二日的场景里，时间仿佛在这里停顿了。我走进我曾经觉得遥远的历史场景，我看见了那红漆木与白墙壁构筑的房间里，一张靠墙的单人床、白床单、叠着的薄被，颓旧得看不出颜色的桌椅，少而简的物件使原本不大的房间亦显空荡，这场景仿佛是为“廉洁”一词做示范的。平白朴素的物件因一个人而有了那种叫“光芒”的东西，多么珍贵的物件，虽然那扇门那扇窗那木地板已被岁月减损了漆色与光泽。

我以瞻仰的态势观看，我看见桌上还有一盏马灯，灯头、灯罩部分已经锈迹斑斑。马灯，本来只是过去年代里的日常用品，照明用具，据说最早是为夜间行路的马帮照明的，故称之为“马灯”。然而，这盏马灯非同一般，这盏马灯曾经照亮过多少决定民族命运的重要文字？这是一盏多么不寻常的灯。这是激情岁月里的马灯，是一盏被称颂的马灯。这样的一盏马灯就如同日月星辰了。时间风一般刮过，水一般流过，一盏马灯如一切恒定事物那样拥有不可泯灭的力量。这里是建宁县中央苏区反围剿纪念馆内的“朱德同志故居”，当年，红一方面军总司令朱德同志就居住于此。

此时，窗外是一小块绿地，栽种着铁树，一种有着铁一般生命力的植物，枝硬如铁的植物，而红军是有着铁一般生命力的军队，我感叹，多么相近的人与植物。

这里流传着很多有关朱德的佳话。据说红军刚进驻陈家大院时，有位老汉早已耳闻朱德大名，想瞧瞧朱德长啥样。老汉在红军队伍里一个个问过去："朱德在哪？"到了队尾只有一个背着行军大锅的人，他是个身材魁梧、满脸络腮胡的中年汉子，老汉见无一人看起来像朱德，失望地走了。他不知道那位络腮胡子的正是朱德。可见朱德总司令的淳朴和平易。

旧物件

一座19世纪的天主教堂，欧式建筑。灰色的高大拱廊与灰色的砖墙，桌椅门窗与木梯扶手也在光阴里褪变成灰色的，一同凸显其肃穆庄严。七八十年过去了，这里早已没了十字架也没有神父，这里的大门门楣上书繁体草书"中共光泽县委县苏维埃政府旧址"这里有着峥嵘岁月的印记，有宏大叙事。里面的人正在听讲解员讲解墙上的历史图片，也就是发生在这里的一段历史，一段革命史。我一直认为，有些景点是为悦人眼目的，比如名山大川；而有些景点是为回望与缅怀的，为着可以触摸一段独特历史的质感，比如眼下这座苏维埃政府旧址。踏进这座建筑物就踏进了20世纪30年代的场景，有一种在场感，神圣感。

沿着旧色的木质楼梯往上走，一步一步踏在先烈的脚步上、踏在伟人的脚步上了。我来到二楼，这里有一些当年的实物展览，墙上有当年的旧报纸，墙边有铺着红绒布的展览柜，柜子里有红军当年的军服军帽草鞋，有大刀长枪，无论我仰看还是俯看这些旧时光里的实物，都是以一种敬仰的态势，我看见一枚 2 角的苏区钱币，一面印着列宁头像，一面印着铁锤、镰刀、五星、麦穗，从这个钱币上我看到了星空、大地，看到了铁锤与镰刀那铁与铁联合的力量。

红军军服的五星帽徽与红领章，都或多或少地显出一些拙朴，显示出那个年代生活的艰苦与俭朴。大刀已经生锈，刀柄的红绸布让我想到红旗，想到烈士的鲜血，这浓烈的颜色撞击着我们的视觉，要让我们记住生命是宝贵的，这些进入历史的旧物件，都在提醒着我们，今天的和平是来之不易的。

铜像与纪念碑

在建宁县中央苏区“反围剿”主题纪念园内，有大型群雕“红军颂”，规模很大，可谓史诗般的雕塑，塑造了近百名红军将士与支援红军的民众，都是用高贵的青铜来雕塑的。而此时的建宁正是荷花盛开的季节，这是属于建宁独有的美、恣肆的美，一望无际的美，我被建宁这修竹荷苑的荷花惊艳得不知所措。一边是代表幸福生活的荷花，让人流连忘返，一边是肃穆庄严的红军青铜群雕，发人深思，对比强烈，就好像托尔斯泰的那本名著的书名《战争与和平》，就好像在告诫我们，今日得享和平的人，是不该忘记历史的，不能忘记曾经浴血奋战的红军战士。

群雕塑像最上面，是一个打头阵的红军将领，他策马挥刀，那匹马正在腾跃，那是身先士卒、临危不惧的姿势，力挽狂澜的气魄。他手里的那把刀就好像随时会劈下来，劈向敌群，动感十足。下面的塑像是一群前仆后继的红军战士，有的正举枪射击、有的举着军号，还有举着红缨枪的，边上有辎重车队，是独轮车和肩挑的，那个被担子压得背有些驼、腰有些弯的红军战士，也是奋力向前的姿势，眉眼间流露着担当的表情、盼望的表情。在群雕后部，还有一组送亲人参军的塑像。红军战士与亲人挥手告别、与父老乡亲挥手告别，那个老人高高地挥着手，他是送别当了红军的亲生儿子吧？那个年轻女人臂弯挎着篮子，另一手牵着小儿，是在送别当了红军的丈夫吧？另一边是一位老母亲正在送别儿子，那样依依不舍，看了让人心酸。我在这塑像前静默良久，我想起那句话，每颗子弹都是打进母亲的胸膛。当年这里有多少母亲承受着子弹穿进胸膛的疼痛？我们无法统计。是的，队伍就要开拔了，开始两万五千里的长征之路，不知道亲人还能不能平安回来，能不能再相见。这些塑像是用心塑的，个个栩栩如生，生动地再现了红军“五次反围剿”等重大历史事件。当年建宁有7000多儿女参加红军，这是不能忘记的一段历史。

之后，我们来到宁化。宁化被称为“苏区的乌克兰”。宁化县是红军长征的四个集结出发地之一，当时仅13万人口的宁化县，为支持红军，输送了千担纸、万担粮及大量资金，并源源不断地输送了多达1.3万余宁化子弟参加红军，6600多位宁化籍红军战士牺牲在长征路上，建国时只剩下28人了。我听了很伤感，想起托尔斯泰的《战争与和平》，描写了俄国第一次卫国战争时期在与拿破仑的战争中，书中写到沙皇的近卫重骑兵的一次冲锋。近卫军是一支由贵族子弟组成的，这些骑着价值千金骏马的贵族子弟向着敌群发起了冲锋，之后，这支队伍只剩十八人了。按现今的话说，那可是一支由高干子弟组成的队伍，他们为了保卫自己的国家，不顾个人安危。我是流着眼泪看完这段的，心想，俄罗斯不愧是一个伟大的民族。此次红色之旅，让我认识了我们这个民族最优秀的儿女。原中央党史研究室副主任石仲泉深情地说：“没有宁化子弟兵在湘江战役中的巨大牺牲，长征的历史有可能要重新书写。”我们在英雄纪念碑前鞠躬、敬献花圈。青白花岗石砌成的纪念碑，碑身正面镌刻“革命烈士纪念碑”，背面为“革命烈士永垂不朽”15个鎏金大字。纪念碑高高耸起，耸入天宇，气势雄伟肃穆，代表一种向上的精神力量。我们献花，并低下头为那些有名的无名的英雄们默哀致敬。

自古英雄出少年

如我这般年纪的人对红色革命史是不陌生的，然而，“大洲国共谈判”这个信息还是让我汗颜，深感自己的孤陋寡闻。我从来不知道在我所属的福建境内还有这样的一段历史。站在光泽寨里镇大洲村的“大洲国共谈判”旧址前，我感慨颇多。据说原旧址是一土木结构民房，已于1963年被房主拆毁。1991年县人民政府拨款仿照原样重建，列为革命纪念旧址。我看到一段史料记载：“光泽县寨里乡大洲村。民国26年(1937年)10月，中共闽赣省委代表黄知真、邱子明与国民党江西省代表周中恂、高楚衡，为实现闽北地区国共合作抗日在此举行谈判。”当我知道我方代表之一的黄知真竟然是个17岁的少年，我非常惊讶。我随即搜索出资料：“黄知真，曾用名朱风，1920年10月生，江西横峰人，1933年加入中国共产主义青年团，1935年时转为中国共产党党员，1931年参加革命工作，高中文化。系抗日战争时期中共江西省委书记、新四军驻赣办事处主任黄道（1900 ~ 1939）的儿子。”

仿照原样重建后的大洲谈判旧址，自然也是一座土木结构的民房，这坐落于山坳里的灰褐色的民房，门楣上方的横匾上书“大洲谈判旧址”的烫金大字乃黄知真所题。进门便是一间简朴的小厅堂，也就是当年谈判的会场。正中一张四方桌，围着四条长椅，这就是当年国共四个代表谈判的地方，左右靠墙处各有两张排列着的木架床，其实就是凳子上搁了一张平板，世上最简朴的床了。双方代表吃住都在里面，听讲解员介绍，左边的两张床是中共闽赣省委代表黄知真、邱子明的，右边的是国民党江西省代表周中恂、高楚衡的。

之所以选在大洲村举行谈判，是因为地理位置的优势，倘若谈判失败，我方可退可守，还因为大洲村是我党我军有稳固群众基础的村子。谈判进行得非常艰难，最后终于就“停止内战，抗日救亡”达成协议。从此结束了闽北艰难困苦的三年游击战争，开辟闽赣一代抗日民主统一战线的新局面。“大洲国共谈判”其实是中国革命的一个岔路口，大洲，曾经发生过一场对于中国革命生死攸关的谈判。

素有红孩子之称的黄知真，家人都参加了革命，可谓满门忠烈。黄知真的父亲黄道是与方志敏齐名的新四军创造者之一。作为抗日战争时期中共江西省委书记、新四军驻赣办事处主任的黄道竟然派出自己的儿子去谈判，既是向国民党表明共产党人以及他本人的诚意，也是为了应付可能发生的意外，他是把危险留给自己的儿子，不愿其他同志去冒险，这是真正的共产党人的精神。

一个17岁的少年敢于奔赴前途未卜的一场谈判，又怎能不令人钦佩！我想起“自古英雄出少年”这句话。17岁，在我眼里还是个孩子，当下有多少二十大几三十出头了的男女还在装萌卖幼，背着动物或动漫的肩包满街摇晃。黄知真，这个英雄少年本身还是省委书记的儿子，也就是说，他还是那个时代的高干子弟，哦，这是个为革命赴汤蹈火的高干子弟。

载《散文百家》2017年第5期

旧时光的最后据点

一条江安静地绕过一个村子，江叫漳江，村子叫溪口。中国有很多撞名的地方，这个溪口不是民歌《走西口》的那个山西与内蒙古交界处的西口，亦不是浙江奉化旅游胜地溪口。这个溪口是国家级古村落的云霄火田镇的溪口。这个溪口历史文化厚重，以至于我慕名并怀着虔敬走进溪口，果然古风扑面，漳江水平如镜，不动声色地奔流，与远山长天相连，沿岸绿色植被茂盛得如同筑起了绿色屏障，一只渡船斜靠在岸边，有些悠哉悠哉，我忙不迭地抓拍了这画面。有人说，渡船代表着困窘却浪漫的生存。我以为，若没有这只小木船，这条江就缺少了几分灵动。很快我便知道，这座村子是有故事的，越是深入这个村子就越是觉得它不该这般默默无闻，不过，这样也好，默默无闻才能培养一份安静的气场，与古村老屋相配的安静气场，在这安静里，人会渐渐变得气定神闲，很容易就想到“亘古”这样的大境界。这近在眼前的静物却是遥远的风景，遥远得可以追溯到几百年前，那些城堡式结构的闽南古民居群，庄严地矗立在村子的几处，仿佛宣告它们是旧时光的最后据点。明清时期的四角楼、九间楼、景阳楼等古建筑，昔日的雕栏玉砌只剩下了灰黑色的底子，金翅金鳞的飞檐翘角已经覆盖了苍苔色，仿佛这才是纯正的古村老屋的颜色。远看，就像有人用极软的毛笔蘸了极淡的宿墨画出的水墨画，让人的呼吸也跟着轻了淡了。

“百年沧桑”四个字是一个怎样的容量，一定是饱含了狂风、暴雨、地震、战乱，这一切都不能将其摧毁的四角楼，怎能不让我高山仰止？当四角楼以一种超然的宁静面对我仰视的目光，我的自卑感油然而生。假如时间推到20世纪80年代中期以前，那么，土楼就是老土、保守、落后的代名词，甚至是丑陋的。我们一直被自己的看法困扰了数百年，从未想过它其实可以是建筑界的尤物，可以是最美好的家园、是摇篮、是花朵。想不到美国总统里根有着如此意志薄弱而又超凡的想象力，毕竟大人物也是人，也有普通人的局限与困惑，他把这些藏匿在福建闽南山区的古老城堡式的土楼想象为恐怖而隐秘的核设施。那一刻他一定惊悚不安，以为第三次世界大战一触即发。这奇葩式的想象力让我们被禁锢了的审美观得到释放，解除被同化得麻木了的感觉。土楼于是声名鹊起，成了世界文化遗产。于是人们开始观光，书写、研究土楼。常见有写生的人，静静地和土楼对视，一会儿画板上就画满了水墨的、油彩的青山碧水相映衬的一座座土楼。而我是不敢这样长久地与土楼对视的，不敢和它那些睁着眼似的窗对视。几百年过去了，那些曾和它对视的眼睛都已永远地闭上了。那些黑瞳般的窗子它们注视着这个世界不曾疲倦，比肉体之身更加坚定地拒绝消失，时间的洪荒还没能将它征服。

土楼令我大为惊讶的是它的坚固。这三合土夯筑构造的四角土楼何以如此坚固？四角楼构筑原貌犹存，深入其间，我看到了其坚固的防御构造。防御，不但保护了里面的居住者，同时也保护了建筑物本身。就如同一个免疫力强大的人，病灾自然就少，要是没有意外，寿命也会长些。防御构件都是最原始最普通的土木石料。先说泥土，泥土真是好东西，它使人类告别群居、洞穴，有了栖身的家园。泥土、红糖、糯米、鸡蛋，木片，我总是想，这是谁发明的组合？堪为天才，泥土与食材的组合竟然成了坚固的建筑大料，堪称奇妙，也可见古人造房颇具匠心，从四角楼的设计更是可见一斑，门厅梁柱留有闽南大厝惯用的木雕石刻花卉八宝图外，其顶楼所有房间皆连通，与高大的外墙相比，显得低矮温馨。无论你怎么走，最后都能回到原点。村民介绍说，这不仅便于居住者的感情联络，还可以作为逃生和避敌的通道，真是一举两得。四角楼的防御不愧一绝，室内留有最原始的防御设备，可谓戒备森，易守难攻。楼梯上还有一盖板，盖板上有一层楼。一旦有个风吹草动，里面的人既可盖上盖板，挡贼寇海盗于外，拒兵燹、胡烟、蛮尘、猛兽、氺祸于外，任你外部世界山崩海啸，躲进小楼我自岿然不动。

由于防御的需要，窗子也开得很小，我去的时候正是炎夏，阳光如瀑，以为屋内一定酷热难耐，不曾想比城里有着大窗户的水泥建筑阴凉多了。听屋里的居民介绍说，这里冬暖夏凉，让我羡慕的很。我在里面遇见一位八十多岁面容黝黑的老妇人，热情好客的她看去就像城里六七十岁年纪的人，眉眼间亦能看出她锦瑟年华里的俏模样，她身子骨硬朗，行动矫健地前来与我招呼，她说她不满 20 岁就嫁到这里来了。我不免要想象她当新娘时粉腮星眸的样子。我不能想象一个漂亮的女人如此心安地在此地一住好几十年。可是当年的溪口村是另一番景象，当年的溪口是锦绣一方、富庶之地，稻米飘香，荔枝、香蕉、枇杷远近闻名，海产品丰富。溪口村历来有“楼包厝代代富，厝外楼子孙贤”及“有溪口厝无溪口富，有溪口富无溪口厝”的俚语流传，反映了当年溪口村落富甲一方的盛况。“溪口厝”就是溪口的房子，可见当初溪口的建筑是何等风光，据说当年的溪口楼每层就有 54 个房间。人只有在衣食富足之后才会考虑改善居住环境的。我想，溪口的兴盛源于它的水乡地位，溪口的地形是一块丘陵中的盆地，四周山丘源流而下的泉水在此汇成一条大溪，正可谓“青山隐隐水迢迢”其实以“溪口”命名这个村子，已经暗示了此地与古时候河川水系的关系。据村民们说，古时候四角楼附近就有一条水路。可是如今的四角楼四周被一片绿色植物包围了，四角楼被香蕉树、木瓜树、丝瓜架、晚稻秧田亲密围地簇拥着，难以想象当年水上丝绸之路的繁华之景，难以想象水驿江程的商埠往来、贸易繁忙之象，或是骚人墨客抚琴泛舟、饮酒观景。说到底这漂亮的老妇人，当年亦是嫁到了有豪宅有繁华景色的一方好地，也不枉其姣好容颜。溪口楼与楼门相对的天井后面原来有一个高大的戏台，现已用作杂物间。有戏台的地方总给人想象的空间，戏台亦是繁华地标，想必常有村人请来戏班子在这里唱大戏。当电影默片开始在国外出现在大上海出现，这里依然锣鼓喧天、水袖曼舞，《状元与乞丐》《安安找母》《陈三五娘》轮番上演……咿咿呀呀很是热闹。那个老妇人想必也乐在其中吧。风吹过，老屋无言，老屋上蓬蓬蒿草却摇曳不停，像在述说前朝的往事，老妇人能知晓的那些事。那些过往的沧桑与繁华，都在这摇曳中随风淡去。只是她比老屋老得更快。

说到水，不得不说到漳江，漳江流经该此处再奔东海而去，绕村而去的漳江就把村子哺育了，甘霖玉露般地把村子里的植物动物还有人都哺育了。漳江水呀，这圣河之水多么奢侈，多么温厚、体贴、丰腴，让一整个村子都有了灵气。它不但哺育，还塑造，让人胸怀渐大，让人有大作为。与漳江有关的，不得不提到两个人，开漳圣王陈元光、鉴湖女侠秋瑾。漳江，原名云霄溪，它发源于东麓大峰山，构成云霄县城境内三面环山，向东南呈马蹄状地形。漳江，奔流至今已成标志和符号，成开漳文化的母亲河，漳江与每一个当地人血脉相连。陈元光乃陈政之子。公元 669 年，陈政奉诏率府兵到闽粤之交平定少数民族“啸乱”，后元光继之，在啸乱基本评定后，辟地建州。陈元光主政漳州二十余年，厉行法治，重视垦荒，兴修水利，对开发漳州做出卓越贡献，被奉为“开漳圣王”。秋瑾生于福建省厦门，幼年随父在云霄生活，也算是喝漳江水长大的，算是她的第二故乡，因此，这里也是天地会的创始地。秋瑾的事迹已是家喻户晓，她打拳舞刀、骑马射箭，巾帼不让须眉。留学日本，自称鉴湖女侠，笔名秋千、汉侠女儿，曾用笔名白萍。1905 年加入中国同盟会，1907 年 1 月在上海创办《中国女报》，3 月回绍兴，与徐锡麟等创办明道女子学堂。1907 年 7 月 15 日于浙江省绍兴古轩亭口英勇就义，得年 31 岁。短短的 31 年却是轰轰烈烈，与漳江水共流长。

一座古城堡便是一篇宏大的叙事。位于四角楼北隅的景阳楼最为壮观，系清乾隆年间溪口二世祖黄颂耗巨资所建。据资料所载，黄颂辛勤农事致富，又乐善好施，人称黄百万、颂公。我真是纳闷了，自古就没听说有辛勤农事致如此之大富者，凡是留下豪门阔宅的大户，基本上不是经商就是做官。从这些建筑物便可知黄颂公是富甲一方的人物，用今天的戏说就是土豪。景阳楼说破了就是黄府。不知道他经营什么农事致大富的。好吧，一个灾难深重的民族，史料不全也是难免，且不深究。还是来看看这座雄伟的古堡吧，景阳楼依山势次第而建，最为壮观，前方后圆，与中国人所谓的“天圆地方”之说吻合，其占地 1292.23 平方米之广，三层之高，下有青石砌墙，上有灰瓦复顶，其方位坐北朝南，一派虎踞龙盘之势。结构为面阔四柱三间，进深两间，楼前设前埕、照壁。保存完整的照壁左侧有年数更为久远的“五马拖车”古厝。古厝亦是沿山势蜿蜒而建，左右有龙虎门，门上还留有纯铜的门铛门锁，已是铜锈斑驳。城堡中置祖厝一座，共 69 间房。南侧辟一石拱门，高大的圆弧形石拱门颇有气势，其正面嵌一石匾，上刻“景阳楼”三个大字，让我恍惚了一会儿，仿佛走进一个英雄城堡的时代。儿时的童话册里，城堡总是带着浪漫而神秘的色彩，城堡里总是要有英雄要有美女，于是就有了争战，于是就需要防御。比起四角楼，景阳楼的防御体系更是固若金汤，墙体上凿有枪眼，最外层的大门生铁烧铸，楼内有一口深井。

若遇山贼火攻，居民就关闭大铁门，引井水倒入楼门顶的水槽内，即可灭火。有点像武侠小说里的那些机关。另有“九间楼”，前厅三间，后厅三间，楼上三间，因此得名九间楼。九间楼间间相通，据黄氏年长者说，九间楼乃黄颂公建给小妾和小妾的三个孩子住的。

若说此前我走进溪口村只是身体的走进，而此时走进城堡，便是情感的走进，心灵的走进。我以为没有故事的城堡不叫城堡，没有故事的城堡是一座废墟，一座精神的废墟。而景阳楼是有故事的，虽然这故事有些牵强。故事说的是已成寡妇的黄氏三房的祖母忽然想要嫁人，说她是为生活所迫，想要舍弃孩子改嫁。二房祖父黄颂公知晓后，立即找她了解情况，得知是因其没有住处和田地的缘故，黄颂公当即慷慨承诺，盖一座楼给她，然后让她从楼门和窗户举目瞭望，所能见到的土地都归她所有，于是黄颂公买下她眼目范围内的所有土地。三房祖母这才铁了心抚养孩子。她的孩子长大后中了进士，受到皇帝的赐封，并赐建牌坊。有些传说就是这样，最后剩下了一个画面，平面的，画里的人也成了平面的。我纳闷，既是三房的，又怎么会为生活所迫？如果没有住处那么她岂不是流浪在外了？顶多是寄人篱下。再说了，黄颂公又怎会对她的状况全然不知？看来编撰家族的故事也是要胸有点墨，才能顺理成章，我只能猜想黄氏三房应该是没有自己名下的田契与房产。我甚至猜想黄氏三房改嫁不仅仅是物质的利益，她要嫁的男人是谁？有了房产与田地就真的就铁了心不再改嫁？金钱物质的诱惑巨大自不必说，一个孤寡女人依靠田产房屋安身立命，也无可谴责，只是那个男尊女卑的时代，她不铁了心又能怎样？在宗族社会里，女人是最没有地位的，黄颂公自己可以三妻六妾，却不容许自己氏族里的女人改嫁，即使她的男人已经成了祠堂上的一个牌位，他也要女人为其守忠贞，为其宗族维护虚假的颜面，这规矩是不能破的，活人的、死人的面子都比女人的七情六欲更重要。城堡里留下一个让人咀嚼的故事，也是有趣的，但也沉重。大宅深院、高墙森严，防盗贼也囚禁女人，囚禁女人对爱情、对自由的渴望。于是就有了聊斋，就有了狐媚子来去一阵风，不受深院高墙的限制，任是什么也不能阻隔，狐媚可以自由地大胆地恋爱，蒲松龄不愧是最会给女人安慰的一个男人，他为女人造了另一个世界，女人要进入那个世界里，必须先变了异类消了形体，成了狐狸、蛇精、鱼怪，等等。在城堡里读聊斋想必是别有一番风味。

如今，溪口村的古城堡古民居里依然住着当地村民，难怪有人说，整个云霄县火田镇溪口村的村民都住在“城堡”当中。这样，就使得房屋虽老旧却不荒芜。也许这是溪口村古民居保护良好的一个重要因素。房子是一种奇怪的东西，若没有人居住，便一日日荒寒萧瑟，最后被秋风所破歌。它需要人气的滋养。住在城堡里的人必定有一颗恬淡之心，才能与旧时光这般长相厮守，守护着他们的精神家园，相依相存。我喜欢怀旧的人，怀旧是不忘根本的人。

载《厦门文学》2015 年第 11 期，收入《记得住的乡愁》

一个村子的基因密码

从漳州市区出发往闽粤交界处走，进入诏安县境再往西南行，东经 117℃ 07′ 北纬 23℃ 45′，西潭乡新春村就到了。100 多公里的路程两小时就到了，算不上远行，却比任何一次远行更像远行，远到多远？远到比天边还远，远到可以穿越时空穿越朝代穿越月亮，不是地理距离可以测度的。地处诏安东南一隅的新春村在漳州境内虽不算富庶之地，但土沃水沛，以生产芥菜为大宗，稻米、莲藕亦是丰富，可是这农业景象不是它全部的意义，也不仅限于它的招商信息。一个有着历史感的村子应该有更深的内涵。新春村，这样一个僻远的村子历史上曾出过举人、贡生、秀才，有皇帝所赐牌匾，这个村子就有故事，就有底气。

新春村，这个以本民族最盛大、最热闹、最重要的传统节日命名的村子，没有欢天喜地的气氛。于这炎夏白昼进入新春，尽管热浪劈头盖脸，村子的气息却让我联想起另一个传统节日——九九重阳。新春村在我的眼里不属于新春，新春村不是新的不是春天的，我所要寻觅的是新春村古旧的那部分，这里有旧时月光，梅边吹笛就能唤起旧人，只能手指轻触，吹那最弱的弱音部，于是这里的每一种植物都能长成秋天的样子，包括村头那“接天莲叶无穷碧”的十里荷花，包括呈覆盖之势的桂圆树和树上比蜜甜的累累果实，包括遮天的古榕，包括绿海洋般的新春芥菜，包括那些老房子。四百多年前，新春乃为荒芜坟茔之地，故名新春埔。据《新春埔建乡史考证》，明隆庆年间，南诏许氏八世祖易轩公之长子荩恂公由诏安县城来到新春埔开村拓土，其择居理念就是择土而居，是择好土。除地形、地貌、气候、水文、生物、动植物分布等诸多地理因素外，土壤之质是顶顶需要考究的。荩恂公将多处土壤取样，以斗斛量土，择厚重土之地而居。可见新春的土是有斤两的，于是，荒芜之地的新春就成了宜居之地的新春，于是，在新春置田亩，建宅第，繁衍生息，血缘村落就这样形成了。可见古人对于家园是颇费心思的。荩恂公是熟识土地的，大地是万物之母，泥土是温暖的、宽厚的，土地孕育了村子，孕育了村子里的一切。属于大地的终归要还给大地，村子里的老人喜欢说，土地是好东西，人是土做的。村子里一代一代的先祖最后都把自己深深地植进了泥土里，与大地长存，让后裔嫡亲一次次回乡寻根。

新春村的位置还是西潭乡溪东各自然村的咽喉部位，这个村子并没有因为其咽喉的特殊部位而发出喧嚣的声音，相反，它默默无语地站立了几百年，站成了如今这般沧桑的模样。法国作家玛格丽特·尤瑟纳尔说："伟大的风景默默无语"，新春村的伟大似乎掩盖在它平凡的外表下，平凡得好像什么也没发生过，只有当你目睹了那些残存在村子里的古建筑：五代百岁祠、许氏祖祠、五马拉车古寨、七包三古寨、石牌坊、国子壳大寨等明清古建筑，你才知道"默默无语"是一种何等大的力量，饱经沧桑是一种何等大的容量，你才知道什么叫"一脉相承"，什么叫"血脉相连"，什么叫"根"，你才知道中华民族就是神州大地上一座一座的宅子和宅子里的一个一个人组成的。若是没有这些风格迥异的古建筑，新春村就没了底气，怕是要和别的村子无异了。

七包三古寨粉墙黛瓦，如一帧古朴的水墨画，透出寂寥之美。七包三古寨一院七间，乃面阔三间，进深两间的大宅深院，外围七间老屋折转为丁字形布局，像张开的手臂，内拥三间，结构独特。这样的结构适合世族宗亲大家庭居住，不禁想，当年活在房子里的人也一定是活在规矩里的，这样亲密的宗亲聚居地，除了夜晚吹灯睡觉，怕是没有隐私的。当年一大屋子的人活得热热闹闹，如今留下这荒宅废院，如同一个朝代的蝉蜕。

“五马拉车古寨”有点徽州老房子的味道，亦是五叠式的马头墙，侧面看，板板正正的房子一下子就灵动起来了，齐刷刷的五匹马驾辕拉车，节奏感韵律感十足。后面一排房子规整见方，就像一辆马车，亦是高墙深井，房墙上青石条开窗，窗子开得很高，是闽南乡村古厝特色，闽南多山，雨水充沛，匪患与水患是须防范的两大患。

“五代百岁祠”也称“七教堂”方位葵丁丑末，位于国子壳大寨东侧，西与光裕堂相望，它们就如同“五代百岁祠”的左右手。“五代百岁祠”坐北朝西南，前埕宽约 400 米，融合了明清四合院构造与歇山式屋顶建筑格式。斗拱相叠，椽头飞花，房梁、雀替一概龙凤花卉的金粉木雕，金粉已经脱落，古风犹存。青砖灰瓦，屋脊上的琉璃瓦雕塑已经褪色，闽南大厝的风格，看得出底功瓷实。大门两侧的石门鼓被岁月磨砺得铮亮，不时有孩童骑在上面。玉白色石砌门楣，上面栩栩憨态的小狮子保存良好。不像门前造型石狮子那般凶神那般有威慑力。说破了我们这个民族是一个宠爱狮子的民族，从北方到南方，房檐门前都有石狮子把门，盛大喜庆的场面也少不了舞狮表演。也许忠实的家狗不能完全担当保家护院的重任，就想到了狮子这样凶猛的大动物，现实中的狮子无法驯化为家用，于是就将想象中的保护神一般的狮子雕塑在了自家门前，以此震慑看得见的看不见的魑魅魍魉。不得不叹服我们这个民族很有想象力，亦可看出我们这个民族对平安的祈望。我见过的都是石雕的狮子，木雕狮子只在图片上见过。也许石头比木头更有力量，更适合雕刻狮子，石头与这样的大动物更契合，好在闽南多山多石，造狮资源丰富。其实这样的想象已是中规中矩了，想象的翅膀终究不敢飞得太远太高，看了《封神榜》就知道什么是天马横空的想象了，看看那些高人异士的坐骑，全都是地球上没见过的怪兽。

石头也常被用来刻字。“五代百岁祠”门楣两侧各镌一联，烫金的石刻笔走龙蛇，上联是“五代芝兰荣华高曾祖福相济美”下联是“百岁萱草茂历熙雍隆庆共长龄”筋脉清晰的黑漆大门上有红底烫金大字：“塘山增景色，流长赤水源”这一切很是考验今人的古文水平，也不知道自己是否谬读了，单单这一手好字就已经让人畅怀了。最吸引我的是墙上的浮雕式彩绘壁画，许氏祖祠亦留有这样的壁画，画面都已看不太清了，依稀可见才子佳人的内容。许氏祖祠同样留有石狮子，还有石门鼓，可见石头是最能与时光抗衡的。许氏祖祠飞檐翘角虽已朽败灰暗，却依然顽强地指向天空，好像在与天空诉说着什么，极力维护往昔的庄严。许氏祖祠的大门敞开着，老房子里面坐了一群老人，有的拄着拐，有的腿脚还利索，有的赤膊，只穿了短裤。新春村由于植被丰富空气清新，民风淳朴，所以人的寿命也长，所以新春村也是长寿村。人老了，对老房子就越有感情，他们谈论属于他们那个年代的故事，不时有狗吠声伴随，他们难以忘怀他们那个年代的故事，有些故事就是发生在老房子里的。他们无论说话还是沉默，全都神态安详，与老房子同一个表情。他们与老房子都是村子不可或缺的一部分。

据族谱记载，“五代百岁祠”于清嘉庆十八年竣工，清嘉庆二十一年落成揭牌，经历了朝代更迭、战乱、风雨浸淫的漫长时光，楹联壁画，石刻木雕泥塑依然清晰可见，基本没有时下盛行的“修旧如旧”的抢救式修葺，全然原貌。这样一座百年历史的古建筑在一个不发达的边远乡村竟然能保留得如此之完好，令人叹服。只是正堂外墙上有装修队招揽生意的电话号码，看见这样的污渍总是不悦，就当是小瑕疵，瑕不掩瑜。

这近在眼前的老房子让人生出遐想，这近在眼前的老房子曾经住过清朝的先人，神秘又亲切。午后阳光斜斜地打在五代百岁祠赭黑色的屋瓦上，那指向天空的飞檐翘角把细密宽阔的影子投在地上，像是这个村子的基因密码，待在这样的影子里，有种莫名的感伤，内心的杂念也少了，时间慢下来，心绪静下来，只想和古人对话。不由得想起作家舒婷说过:“……每座幽深阴凉的老房子，既可以是一个家族盘根错节的宏大叙事，也可以缩写为攀缘在雕花窗台上，那几茎破碎的缠枝蔷薇……”由于史料的丢失，五代百岁祠的宏大叙事我们所知的只是凤毛麟角。五代百岁祠正堂悬挂皇帝赐封五代百岁寿妇许沈氏的金匾，四个烫金大字“贞寿之门”上面记载的时间是嘉庆二十一年。先前我以为，千古红颜大浪淘沙，能在伟大的文化进程中留下点什么的女子，除了与文字有关，还有就是皇宫里的贵妇，还有青楼女子。总而言之，或者有貌，或者有才，或者尊贵，三种女子除外，便只能在历史文化的里程做一个铺路的卒子，消弭于天地间。现在看来不是这样的，除了以上三种，即便是那些“无才便是德”的平庸女子，只要你活得足够久，同样能将你的名字留下来，还能让皇帝送你一块匾，这是挺有意思的事情。其实一个人活得足够久已属不易，即使像沈共娘这样的女人，在有钱有势的大户人家里，不必为生计犯愁，可是活到五世同堂，亦是要经历七灾八难。很快我就从“贞寿之门”四个字里看出。要得到这块匾还是有些条件的，那四个字之首的“贞”字，就是对女人三从四德的要求，首先必须是贞洁地活着，儿孙满堂相夫教子。沈共娘是了不起的女人，非等闲之辈，她生下七子，分别以松、柏、茂、盛、结、果、芋命名，所谓“七叶衍辉”。七子又衍生四十三孙，即“五代百岁祠”后裔，占全村总人口的百分之八十。沈共娘想必是教子有方的，她的后人中，十五世祖许瑞镜经营有方，成为一方首富后，在家乡大兴土木，光裕堂、追远堂、五马拉车古寨、国子壳大寨皆为其所建，房屋数 142 间，占地面积 5599 平方米。即使放在大都市，这样的人也算是人杰了。

还有一个女子也留下了姓名，在那个男尊女卑的时代，在她身后，她的牌位竟然能摆进祠堂，这是绝无仅有的。不但有牌位，村人还以纸花花篮祭祀她。我去时，追远堂里梁柱上垂挂着漂亮的纸花篮，工艺精湛，就为纪念这个女子。据许氏后裔许细妹等人整理修撰的家谱、族谱中得知这个女子名“傍”。许细妹老人和治保主任以及新来的大学生村官小沈等人带着我在这个村子里转悠，去看旧时光的证据，连被砌进墙里的石柱子也不放过。在新春村，建村史与族谱就是一部许氏春秋，许姓氏族的奋斗史，这个姓氏的源头是一群勤劳厚道的人。在许氏家谱里，我看到了这样的记载，傍系龟山公廷凤之女。廷凤何许人也？既开村始祖莨恂公的长孙。公元一六四八年八月初五，龟山祖遭遇不幸逝世，家道中落，当时除长弟大溪公较大外，其余俩小弟均小，为了与母分忧，在家照顾弟弟和母亲。耽误了自己的婚姻大事。后来成家生子的小弟英年早逝，晴天霹雳，家族中间的那一环链条断了，生离死别之痛再次袭击着傍的心。几年间，重要的两个至亲都死了，她也不是弱女子了，家庭的变故已经把她磨砺得比男人还坚强，已经不再年轻的她安抚着彷徨失措的弟媳，再一次帮助抚育幼失怙恃的侄儿，以致终身未嫁。傍劳苦功高，族人钦佩，于是在她过世后，在宗族祠堂里摆进了她的牌位。在一个男尊女卑的时代，这是女性绝无仅有的殊荣。族谱里对家族分支叶脉进行条分缕析，却没有更多的说明，这样一个贤德的乡村女子没能在我们脑海里形成更清晰的形象，即使一整个村子，在书里在网上的文字记载都极少，以至于我禁不住要对这个女子展开合理的想象，想象傍“微笑转星眸。月花羞。”又是如何让村子里的后生神魂颠倒……人总希望有美好心灵的人也有美的外貌。其实这样一个伟大的灵魂不需要美貌的装饰，不需要细说与戏说，这样一个伟大的灵魂也不能虚构，她的品德已经足够。

数百年后，五代百岁祠的后裔嫡系子孙里出了个革命党人许辉星，许辉星1939年出生，当过小学教员，组织农会和抗日义勇军，也是我党地下党员，后在狱中英勇就义。救火英雄许晓宾是五代百岁祠第二十三世孙，2003年入伍，系汕头市公安消防支队战士，在一次救火中，救出了别人的生命，献出了自己的生命，年仅20岁。由于事迹极其感人，被公安部追为烈士，追记一等功，2005年被评为感动漳州十大人物。

还不到夕阳投下余晖的时光，村子一隅热腾腾的俗世生活已急吼吼地拉开它的大幕，丝瓜、苦瓜、葫瓜、空心菜、香蕉、杨桃等瓜果，摆出了长长两大溜地摊，占据了村子很大的空地，有的搭了棚子，有的露天。鱼类、贝类最是丰富，还有专门的鲜鱼区，“鲜鱼区”三个鲜红的大字被书写在蓝色底子的牌子上，显得理直气壮，各种我叫不上名字的鱼异常丰富，就好像是到了渔村，这里的鱼是我吃过的最好吃的鱼，让我难忘的除了老房子，还有鱼。一个美女在两大桶海瓜子前挑挑拣拣，我再无法将村子里的年轻女子叫村姑了，她们和上一辈不一样，无论气质穿戴都和城里女孩一个样。一少妇来逛渔肆，怀抱一大孩子，背上还兜一个小的，母子三人皆穿戴干净、鲜艳，心想这女人是幸福的，每日择菜剖鱼，抚养孩子，日子笃定安适，只是不知她此刻要怎样腾出一只手或一根指头来拎鱼。那个用摩托车载着我去看十里荷香的许镇清师傅，他说他在村里开了店铺，孩子们在外地读书、工作，一家人生活滋润。他言谈之中对生活充满感激与知足。是的，社会的进步与发展，许氏后裔比先人的日子好过了，知足常乐。如今的新春村早已不仅仅是许氏家族集聚地，海纳百川，许氏后裔们与融入新春村的百家姓们，他们与脚下的这片土地，一起成就了人们对新春村的形容：“人杰地灵”。

载《厦门文学》2015 年第 4 期，收入《记得住的乡愁》

奇章村

汽车，它是搭起我和远方的第一座桥。8岁前，我没有坐过汽车，我没有离开过我的奇章村，我只是一次次地跟随姥姥到村口，把从沈阳回家探亲的大舅送上汽车。我一直羡慕能坐汽车的大舅，汽车的诱惑滋生了我的不安分，有一次我的一只小脚丫已经随大舅跨上了车，又被我的姥姥拽下来。姥姥说，我们只送到这里。后来，8岁那年我还是踏上了一辆汽车，我的姥姥终归没有拽住我，我的姥姥岂是命运之手的对手。

我的姥姥像生了根似的，哪里也不去，那颗龋齿疼得她翻天覆地，她终于被连根拔起，坐到独轮车上被人推着去县城看牙。她穿着从箱底翻出来的一件簇新的蓝布衣，那是一种大跨度的遥远的颜色，是天空的蓝。我的姥姥盘腿坐在独轮车上，盘坐，这个姿势她这辈子太熟悉了，她年轻时最怕的是赶庙会，大姑娘小媳妇们都是粉缎银绸裹着三寸金莲，而我的姥姥八寸大脚踏一双大莲船。可她一双大脚并没有遮盖她美丽的脸，这样的反差也使她名声在外。庄上的人给她起了一个雅号叫“半截牡丹”，于是十里八乡无人知吴金花是谁，却无人不知半截牡丹是谁。赶集或是走亲戚时，她就盘着腿坐在驴背上，把一双大脚掩藏住，可男人们大老远见了还是要嚷开嗓子喊：“快看呀，半截牡丹来了！”盘坐，不仅仅是遮蔽她的八寸大脚，也是一个坚定的姿势，她终身不曾背井离乡，奇章村是她的根，以致我的姥爷在南韩娶了漂亮的小老婆这样的大动作，也未能撼动她。就好像我的姥姥是奇章村的一棵树，是被土地捆锁住了的。

奇章村，如今它离我太遥远了，我说的不是地理的距离，是时光的距离，它离我的生活太远，远得就像聊斋里的，仿佛不是真的。奇章村，它是该出现在我的文字里了。奇章村人是不说“远方”的，他们说“外面”。他们说我的父母是外面的人，他们看我的眼光就与别的孩子有些不一样了。不一样的还有那些左邻右舍的孩子们，他们推门进家第一声喊的是“妈”，而我只有年迈的姥姥可喊，我的父母在外面。小花的妈身材魁梧像男人，小花被欺负的时候，她妈就雄赳赳地赶到学校去为她撑腰。还有小恒儿的妈，那么年轻，穿着漂亮的花布衣裳，而我的姥姥穿老人才穿的颜色混沌的衣服。在我很小的时候，父母回过一趟家，我只记得母亲用萝卜给我刻了很多小人儿，在我后来的记忆里母亲的模样比那些萝卜小人儿模糊多了，但我知道母亲在外面工作。

外面，对于我来说是一个抽象的词。我的一件衣服就是外面寄来的布料制作的，灯芯绒面，有无数个半圆组成的图案，我看不出这灯芯绒布好看还是不好看，我还太小，还不具备审美能力。可大娘大婶小姑小姨们，还有我的小伙伴们都说好看，说是外面的东西就是好看，他们说外面的时候带着神秘，好像外面的月亮也是不一样的。外面，也有他们不看好的东西，我父母舍不得吃的桂圆膏寄来给亲戚，他们吃出一股子药味，就说这东西一定是外面人不吃的，才寄给他们。有乡人到过福建的，见过新鲜桂圆，说吓人，像眼珠，说南方人怎么敢吃这样的东西？

我穿着外面的灯芯绒布做的衣服四处招摇。奇章村只有一条街，在这里用“街”这个词，要有含糊和包容心。街中央有一家百货店，还有一家茶水铺，我的二姥爷就常去那里泡茶。二姥爷是我姥爷的弟弟，我从未见过我的姥爷，据说他在韩国某地做到中华商会会长，开了好几家的商号。当年二姥爷闯关头去了东北，混得不好，又去投奔我姥爷，我姥爷把一家面粉铺子和一间绸缎庄给了他，可我那嗜赌好酒的二姥爷，一夜之间就输了个精光，天不亮人家就来搬面粉。他无颜见我姥爷，就回山东老家了。他住在靠北面的厢房，黑咕隆咚的，他倒是很疼我的。有一天他喝醉了，哭着说他还有儿子呢，说在东北……姥姥听得伤心，就说你把她们娘俩接回来吧，可一直没见他接回谁来，他一直就这么孑然一身，他晚年一直是我母亲寄钱养他。

奇章村还有很多内容，还有卫生所、四季湾和一个庙，都是小小年纪的我所恐惧的，都是与生死有关的东西。四季湾是村头的一个大水塘，每年总有人溺水而死，也有自杀的跳在里面，老人说那里有水鬼找替身，晚上的时候我总是蒙着被子睡觉，我害怕四季湾的水鬼跑进屋子里。还有那个庙，庙里站着一些高大的泥人，个个凶神恶煞，我总是不敢看，看了要做噩梦。人们说那是神，可我不知道为什么被称为神的长相和恶人一样凶。

最让我恐惧的还是卫生所，卫生所里挂着一条白幔子，一个穿着白大褂的女人从里面闪出来，在我的屁股上打了一针，后来针眼里不断流出黄水，剧烈的疼让我日夜哭啼，让我记住了我的人生是从疼痛开始，至今还留有深深的疤痕。可以说我对卫生所的恐惧贯穿我整个的童年，它不仅是我肉体的恐惧，还有死亡，小云儿她妈，那么活蹦乱跳的一个人忽然就被人从卫生所抬出来了，她死了。死亡是心的恐慌。卫生所，它让我很小的时候就知道白色是一种恐惧的颜色，它的诡秘、幽冷和无边的苍茫裹挟了生命的起始与归宿。那时，死亡也是以这样的面貌出现，超越了我所能理解的时间空间的界限，姥姥有很多这方面的故事。总归我的童年是恐惧的，甚至姥姥家这座老屋也没能保护我，阴霾的老屋给了我另一种恐惧，它漆黑的屋瓦檩梁，东西厢房里那些年代久远的壁画、家具器物，总能让我嗅出一点非人间的意味。像是要以此见证我的家族神话。我发现，从名山胜水到流传下来的望族奇人，无论是大自然还是人类，无不有神话传说的支托与烘衬。一部《封神榜》让人感觉神话就是久远了的历史。我的家族不是望族，只是凡人，却也不合宜地留下了神话传说。

我的家族神话与水缸、枣树、蛇、人参、纸人有些关联。

传说中我的祖先与蛇有仇。据说我好几代上的曾姥爷打死过一条小黑蛇，后来我曾姥爷痴迷起修炼术，他每天傍晚都到后山林去练功。林子里有杨树、槐树、柿树和一棵百年枣树。据说那枣树生得翠冠秀茂，很有些仙气道骨。我曾姥爷夜里就在这枣树下闭目盘腿练功。有一次他练着练着感觉起空了，也就是离开地面了。但只能持续一小会儿，于是他加紧修炼，果然功夫见长，每次起空的时间和离开地面的距离都见长，于是他在家族里宣告说，总有一天他要化成仙飞到天上去。这夜，月色横空，族人们想要见证他是否真的修炼成仙，便偷偷尾随其后，人们躲在树丛后窥视，果见他渐渐起空，盘着腿起空了，同时，狂风大作，月晦云暗。正惊疑时，人们同时惊悚地看见枣树上盘着一条大蛇，黑纹青花，口如斗，身尾缠绕树上垂首向下张口吸吮着我曾姥爷，曾姥爷离那蛇口据说很近了。族人惊呼，蛇隐遁。惊骇中曾姥爷也见到了蛇隐去的背影，他这才如梦初醒，再也不去练功。一日，我曾姥爷去外面办事，凌晨上路，晨色朦胧中见一条花花绿绿的大道横在眼前，他想怪了，这里从来没有这样一条路，走近看，是一条大蛇的身子，蛇头已过，隐入草丛。我的祖先抽刀断蛇，蛇被断成几段，每一段蛇身都变身为一条重生的蛇，它们纷纷逃走了。几年后的一天，风和日丽的天忽起黑旋风，黑旋风直冲着家门来，我曾姥爷说坏了，蛇来报仇了。说完遂钻进家里一口大水缸盖上盖子，并叮嘱家人关好门。家人果然见进来一群小黑蛇，黑压压的不知从哪里来的，小黑蛇们只绕水缸一圈就走了。家人庆幸，对着水缸说没事了，快出来吧！不见动静，就去掀开水缸盖，水缸里只剩人骨头了，血肉已被蛇吮吸了去。

我说的都是我母亲这一脉的。传说这一脉鼎盛时富甲一方，说祖先经商在外，得到一棵百年人参，形如一个孩子，参须密布着又大又结实的珍珠疙瘩，甚是稀罕，就租船连夜运回老家。虽也请了镖局的人，因路途遥远，为保险起见就将人参装进一口棺木里。途中遇到兵匪，避之不及，只说晦气，死了人运回老家，也就放行。本以为可以安全到达了，谁知半路杀出程咬金，一个官方的检查站，据说见扶棺之人皆无悲戚，就对那棺椁生疑，要开棺检验。这些人赶紧对那检官说是主人家老爷子，极高寿也算喜葬，主人吩咐不能哭。那检官半信半疑，说一定要开棺，若所说如实，就在棺椁加三道金箍，算是惊扰了老爷的赔罪。若不是，物品悉数没收不说，还将重罚。一时间人人吓得不知如何是好。棺木被打开了，只见那检官笑眯眯地说，好福相的老太爷子，加三道金箍！一伙人都蒙了，也都探头去看，果见里面躺着一白胡子老头。说是百年人参会变化。

关于纸人的传说，说的是我姥姥的一个远房表哥，这表哥手巧，能画会写，还会扎纸人。谁家死了人都找他去扎纸人、纸马。他扎的纸人纸马不仅为糊口营生，很多只是为了玩儿，所以纸人扎得好看得很，家里也总是堆着很多的纸人纸马。一个天黑风高夜，下屋旮旯传来窸窸窣窣声，细听，有人说：你拿刀、我拿枪，骑上马……艺人爬起来点上灯看，原来是他扎的那些纸人儿全都活了，身披铠甲，持刀荷枪地向创造了他们的主人杀来了。他赶紧点起一把火，烧了这些纸人才免于罹难。对于这些传说，我姥姥是坚信的，她总是无限感慨地说，什么物件都能成精，都能变成呼风唤雨本领高强的精灵。也许她感慨生而为人还不如做了物品吧，也许她已经弄不清楚现实和梦有多少区别了。

离姥姥家胡同不远的地方有个大宅院，院子里有新起的红砖房，一溜的大玻璃窗，绿窗棂下种着一排红玫瑰、白玫瑰、粉色玫瑰。宅院中有一棵硕大的胡椒树，树冠像一把撑开的阳伞，果实期那些小小的胡椒落满地，发出很好闻的辛香。夏日，蝴蝶在花上翩飞，蝉在树上鸣叫。院子非常大，可以在那平整结实的黄泥地上疯跑，我觉得那是世界上最美好的地方，在我的印象中这个几百户的大村子再没有这么好的地方了。且这大宅院的女主人有故事，女主人当年是富户人家的女儿，兵荒马乱的年代，她家藏金条和粮食多次躲过兵匪，安然无恙。她能使双枪，智勇双全。据我姥姥说，一次大规模的兵匪路过，村人得到消息已晚，择路遁逃已来不及，整个村庄遍遭重创，家家户户能吃能穿的都被洗劫一空。我姥姥只在锅灶灰里藏了些干粮，而她家颗粒无损。她不是急着掩藏东西，而是弄乱，撒几把粮食于老宅子的院门内外，她就坐在撒满粮食的地上号啕大哭："把什么都抢光了，还让人活不？"兵匪见状连门也懒得进了。好一场空城计。

还有一个地方我也喜欢去，那里有一个高高的台阶，台阶上有一个高高的门楼，旁边有一棵枣树，这棵枣树才是我喜欢来这里的原因，那不是一棵普通的枣树，它结出的枣很特别，像亚腰葫芦，就是宝葫芦的形状，直到成熟也是青绿色的，好看极了，还好吃，咬一口生甜生甜的。我只是捡那树上落下的吃，忽然门楼的门开了，走出一个拄着拐的老头，我惊了一下还没缓过神，只见老头顿着拐杖怒气冲冲，我吓得撒丫子就跑，回头我看见他追来了，我跑得更快，一直跑出村子，在一条大路上，我看不见那老头，但也找不到回村的路了，我迷路了，我在一片开阔地迷了路，大道上有一些陌生人赶着马车走过，我不知道该不该向他们求救，大道的两边是一些庄稼地，无论从哪个方向看，都看不到奇章村，我一边哭一边盲目地走着，又怕遇上那老头。结果我走的是与奇章村背道而驰的路，幸好被村里的熟人带回家。与村子背道而驰，我的生命早已有了暗示，我终将与我的奇章村背道而驰。几十年过去了，我知道奇章村还在那里，可我却回不去了。

照片改变了我的命运轨迹，从山东到福建。姥姥若知道了一定不会带我去照相。照片上那件我父母寄来的灯芯绒做的宽大的衣服，罩着我弱小的身躯，却罩不住破旧的裤子和那双穿了邦的鞋，大拇指像乌龟伸出了头，最不堪的是那悲苦蹇促的乡村表情，我何来这样的表情，据说在困难时姥姥自己饿得剩一把骨头，也没让我受饿，也许那亦是命运的启示，命运在某事发生之前总有预先的提示，只是我从没有好好领悟。这之前那莫名的、淡淡的悲伤便常常袭来，我对着姥姥哼哼唧唧地哭，姥姥问我，我无以回答，只是哭，我也不知道缘由。一些树叶窸窸窣窣地从老宅的屋檐上刮过，像是要对我说点什么，也许它知道将要发生的事。

千里之外我的母亲看到照片上的我，她流泪了，她说不能继续把我放在乡下了，于是，我随来故乡接我的陌生父母和弟弟们踏上汽车。父亲说福建有一种玩具，一个盒子上站两个人，一个拿着枪对另一个说：你是什么人？对方回答：“我是坏人。”另一个好人举枪，呼呼就把坏人打倒了。父亲用这样弱智的谎言欺骗了弱智的我。我无法想象会说话的玩具，那时科技还不发达，外面的世界却以巨大的神秘吸引我，于是我兴高采烈地跟随父母踏上南下的路。临走时我对着发呆的姥姥说：“姥姥，等我拿了玩具就回来，我还回来和你过！”可是那么爱我疼我的姥姥没有说话，她甚至没有流泪，她一动不动坐在炕上，就那么望着我，又好像不是望着我。我临出门时的一回头，我看见透过混沌的窗玻璃姥姥那张蜡黄的脸，这张脸在我心底保存了几十年，这张脸被我一年一年地品读着，直至肝肠寸断。姥姥是一棵树，我也是一棵树，但我和姥姥又不是两棵树，我这棵小树嫁接在姥姥这棵老树上，我是姥姥身上的一根枝条，一片叶。分离怎能不撕心裂肺地痛。但起初，生离死别是悄然地发生，我从姥姥身上的剥离是轻松的，是被打了麻药的剥离，疼痛注定要在麻药醒来之后。我的二姥爷去送我们上车，母亲说他是哭着回去的。我当时因为要坐汽车很兴奋，根本没注意他。我终于踏上了一辆汽车，我有生以来坐的第一辆车，我的五脏六腑不安分地骚动起来，我呕吐，我吐得肝肠寸断，那是我对命运下意识的抗拒。可是，谁有力量阻挡汽车，这凶猛冷硬的大机器，我只能以自戕的方式进行。向南！向南！一路向南，运命流向直指南方，我看到树木列队一齐向后退，一齐向后退的还有我的奇章村，它们一点一点地变小、模糊、隐藏。下了汽车，上火车，我听见车轮与铁轨的合唱:“空洞！空洞！”，单调的歌曲，专为歌唱生离死别的苦难，“空洞！空洞！”敲打着我的骨头一路而去，直至我的心也有了一个“空洞”，一个没有人可以填补的空洞。

路经上海的那个午夜我忽然哭了，很长时间弄不清我是怎么哭的，我没有做噩梦，什么梦也没做。那是在上海一家普通旅馆的一间客房，父母和两个弟弟都被我的哭声惊醒。我的哭声是从睡眠中爆发的，那么猛烈地穿过旅馆的房间，刺入这座当时最繁华的城市上空。现在想来，那是人的一种本能般的预感。就像出生时的啼哭，那哭声昭示着艰难人生的开始。而这一刻又昭示着什么？昭示着一个 8 岁女孩即将开始的生离死别？

我跟随父母来到福建闽南的一个军营，我放学回家终于有母亲可叫，可我害怕她，她从没有碰触过我。我渴望母爱，但母爱对于我像是过了春天播种期的种子，即使施肥再多，我这颗种子也突围不出泥土的限制。母亲的话常常伤害着我，我更加想念我的姥姥，我夜夜蒙着被子以泪洗面。曾经一次次地想要记下我的心痛，来自亲人的心痛，又一次次落荒而逃。太习惯了，习惯被一个“忠孝温良”的理念逼到命运的悬崖。对于亲情家庭，这棵植物背阴的那一面，我们总是三缄其口，我们只谈温暖与爱。卡夫卡要是生在中国，是要被看作大逆不道的，他竟敢把亲情写得那么不堪。一切描写家庭罪恶的影片都只在国外。我们竭力将自己装扮得无比幸福，在苦难的外面披上幸福的华服，尽管常常捉襟见肘。

在那漫长的岁月里，我一边受着思念之苦，一边修炼着自己的遗忘。我必须忘掉我的姥姥，麻痹自己，因为我要活下去。直到有一天，那是很多年以后的一天，我的姥姥去世了。我却哭不出来了，我默念着“姥姥死了，我的姥姥死了……”，我竟然麻木得就像这事与我一点关系也没有，我找不到一点悲伤的感觉，心里连“咯噔”一惊也没有。我必须找到一点悲哀的感觉，可我无论怎么努力，“姥姥”二字只是一个僵硬的代名词，一种社会关系的称谓。自我强迫后的内心，悲哀是那样的苍白。我知道了，时间的流逝已经让我找不到伤口的痕迹了。很早以前我就在心里一点一点地把我亲爱的姥姥埋葬了。痛苦也是一点一点地，情感的触须被一层层的尘埃覆盖了。这是我向命运屈膝的成果，也是上帝对我的仁慈，否则我怎能担当那样生猛的悲怆。

多年后，我在我年老的母亲身上发现姥姥身上才有的，那熟悉得令我发痛的东西，我母亲晚年的声调、动作、脾性、气味等电流般撞击着我。让我看见我的姥姥看见我的奇章村，可我却无法走近，远方，逼迫我用一生去缩短这个距离，我走得很累很累。我对母亲的恨成了难以治愈的痼疾。以至于她后来为我做了那么多的事都被我忽略了。后来我一次次的腿部损伤，其实就是上天给我悔悟的机会，让我感受母亲残疾之腿的艰难。母亲苟延残喘的生命，其实是陪伴我于这孤独的世界。我总是梦着同一个地点的梦，就是父亲的军营虎岚。弗洛伊德在他的《精神分析引论》里说梦是人的潜意识。我用了好长的时间才明白了一点潜意识。在虎岚，我的儿子刚降生，我的写作也刚开始，我的父亲母亲都还不太老，一切都还来得及，所以我想回到从前，回到一切还来得及的时候。我知道终身的遗憾已经铸成。可梦还在继续，我甚至梦到我被人劫持离开虎岚，被关押在一个别的地方。我一次次地谋划越狱，想要回到虎岚，梦里惊心动魄。只是“运命唯所遇，循环不可寻”怀旧，就是想重新回到过去，想要脱离被劫持的命运。

载《山西文学》2013 年第 9 期

厦漳大桥

1

由远而近，我先是惊叹于厦漳大桥的“大”。大桥如巨龙腾跃，横贯厦门、漳州两地。远看，大桥与海天一色，远处的海是灰蓝的，天也是灰蓝的，厦漳大桥也是灰蓝的，是那种带着些苍茫色的灰蓝，厦漳大桥与长天大海共苍茫，像一幅朦胧画。大桥从南到北由海平立交、南汊主桥、海门岛立交和北汊主桥 4 个主要工程构成的，总长十二公里、双向六车道、设计时速每小时 100 公里。主跨 780 米，三万吨级船舶可安全通航，在同类型桥梁中其主跨跨度位居全国第六、世界第九。这样的一座大桥当然算得上大。“大”便是底气，“大”就奠定了身份，就有别于一般的小桥，有别于后花园式的小桥流水小景致，以至，我只能用其本名做文章的标题，再没有比这个更气派的标题了，不需任何修饰，其雄浑壮观，飞越天堑的雄姿已超越所有的修饰词。远远望去，钻石索塔高高耸入云端，是厦漳海域上最高的建筑地标。

2

当人类生活跨越了电光火石之后，“桥”就显示出它重要的地位，说起桥，“逢山开路、遇水搭桥”是用来形容英雄或能人的，“过河拆桥”被用来比喻小人。这些说辞都说明了“桥”的举足轻重。桥，是架在水道上或空中利于通行的建筑物，然而，一座桥所发挥的不仅仅只是交通功能，桥还能给人们带来美的享受，人们说，有桥必有景，桥下之水与周边美景相呼应，往往让一座桥成为一个景点。我想起卞之琳的《断章》：“你站在桥上看风景，看风景的人在楼上看你。明月装饰了你的窗子，你装饰了别人的梦。”当车子驶入厦漳大桥桥面，近观，我看到大桥那雅致的艺术美，白色的钻石形索塔和白色的古筝古琴般斜拉索，护栏也是白色的，淡雅匀整，悦人眼目。夜景的大桥更是一道美的景观，灯火璀璨如水晶宫一般。当车子驶进大桥附属部分的服务区，又是另一番景象，那可不是随随便便建几间房屋，那是别致的现代土楼风格，风格独特的建筑群，白粉墙覆灰色琉璃瓦，土楼造型的圆形房屋被开得正红艳的素馨花包绕着，立马让人想到“岁月静好”这样的意境。甚至就想起梵高的画《阿尔的吊桥》，那是梵高晚年的画作。画面上的桥是铁索吊起来的桥，看上去更有艺术感。马车正走在桥上，马的前蹄很有动感地前屈着。桥下的水也是动感十足，在几个洗衣妇的搅动下，漾起一道道水波，清幽的蓝，很柔和。不像他的《向日葵》和《星月夜》那样暴力的线条与浓烈的色块。

其实，一座桥也不仅仅只是交通工具和艺术品，桥，甚至包含了深广的社会意义与历史使命。桥都是有故事的，是历史的具象，比如有1400多年历史的赵州桥开创了中国桥梁建造的崭新局面，凝聚了古代劳动人民的智慧。西湖十景之一的断桥成就了《白蛇传》这一民间传说。卢沟桥让后人永远记住了“七七事变”，肩负着一个民族的苦难，泸定铁索桥承载着红色的记忆。厦漳大桥“一桥飞架南北，天堑变通途”，漳州湾南北岸（漳州到海沧）的车程由2小时以上缩短到20多分钟，大桥串联起厦门岛、海沧、角美、龙海浮宫、漳州开发区等地，大大改善了厦漳的运输，形成新的经济带，开发区将渐渐成为厦门特区的副城市中心。可见这座大桥的意义了。

3

说到厦漳大桥，绕不开海门岛。这个小渔岛原本不通车，岛上住着世世代代以捕鱼为生的渔民，交通靠舟船，极为不便。胡政当年带领一帮人乘船到海门岛实地考察，走遍了整个海门岛。岛上村民听说要建大桥，都非常高兴，村支书找来岛上唯一一台手扶拖拉机，加上路况不好，一天下来，大家累得身子像散了筋骨一样。大桥的建造特地为海门岛留了两条通道。大桥通车后，像多米诺骨牌效应，孤岛重生了，岛上的海产品运输方便了，到海门岛观光的人也多起来了。岛上的服务业自然也昌盛起来，渔民自然也富裕了。厦漳大桥在海门岛部分的桥面只有短短 1.5 公里，却将这座小岛带入一个新时代，大桥是转机、是商机，据说过去岛上最好的地 5 万元一亩，现在 200 万现金也买不到了。来岛上旅游的人都会拍照留念，照片里必有大桥的身影。厦漳大桥就是一条历史的分界线，分出了海门岛的前世与今生。

走进“大桥体验馆”，正对着一块大石，上书厦漳大桥公司董事长胡政撰写的《厦漳大桥赋》:“闽南有大江名九龙江，闽南有名湾乃厦门湾。江水滚滚东流入海，亘古代代舟楫为生，夕阳西下听渔舟唱晚，台风时节叹天水茫茫。公元二千一十二年，一桥贯通南北，天堑已是通途。出海沧，越海门，人行便利；跨九龙，通康衢，货畅其流。谈笑间已叩厦门，定眼处竟是浮宫。回首建桥往事，最难忘建设者。顶烈日、战台风、披星戴月，打桩基一千四百六十五；稳箱梁、焊接点、精益求精，铺桥面一万二千三百米。主塔耸立二百二十七；主跨惊世七百八十米。一丝一毫处见功力，一寸一方间浸汗水。钢索根根用力，桥墩座座悍然。风和日丽时，倩影尽入画中，姿若长虹跨海湾，厦门湾平添一道风景；浪起风疾处，固如磐石巍然，一任风雨倾天来，谈笑间了却数载夙愿。遥想当年，虎渡横跨北溪，已是奇迹，载入史册传美名；喜看今日，两岸交汇通达，八面来风，敢与岁月竞久长。放开大道疾驰，尽让舟楫作古。高塔巍巍，为造福百姓旌功纪绩；大道坦坦，为服务经济开拓助力。大桥贯通日，九虬龙笑跃入海去，尽享海阔天空；一苍龙横亘南北间，更添龙年喜悦。属余撰文，仅以为志。公元两千一十二年大桥合龙日”，文风古雅，有深意。

我在桥上行驶，只有 10 来分钟的路程，那可是桥下多少人多少年的汗水铸成的。就如同艺术家的“台上一分钟，台下十年功”。一座桥同样也是，厦漳大桥桥面视野开阔，可一览海门岛、海沧港以及厦门湾九龙江入海口的风景，无比惬意。然而，这惬意背后的艰辛却不为人知，我听了介绍，知道那些淹没在海水里的桥墩，比眼睛看得见的水面上的部分施工更为艰辛，投入的人力物力也更多更大。打桩基 1465 根、墩身 322 座、桩基最大直径 3 米、主塔 4 座、296 根斜拉索，用材 11.5 万吨钢筋、68.7 万方混凝土。这些数字足以说明问题。施工中也遇到很多难题，这片海域地质复杂，本就是地震断裂带，海水泥浆质量差，塌孔、断桩变成很容易的事，钻孔和清孔难度也不小。单单把两座 227 米高的索塔修得横平竖直就很不容易，工人们也花了不少心思。温度变化、风力大小都对索塔的精准建造有影响。必须天天记录日照和风力数据。为保证施工进度，中国中铁大桥局集团五公司 24 小时连续施工，使得主塔顺利封顶。施工中的泥浆专车运送，最大限度减少污染。建设中有很多创新，多项技术为国内首创。

厦漳大桥先是基于开发区的形成，记载了整个开发区艰苦卓绝的奋斗。听了宣传部黄清亮副部长的介绍，知道了开发区怎样从无到有，从小到强，开发区的建设就是一部拓荒史，一部现代愚公移山和精卫填海的传奇史，也包含了无数人的奋斗史。那个时候，白天听炮声，晚上点油灯。那个时候，开发区的炮台里蛇鼠大战，很多人坚持不下去，有北方来的人受不了黑蚊子的进攻离开了。开发区一路走来还经历了台海风波、国际金融危机的影响，等等，但开发区的建设者最终创造了一个新世界。这光鲜的新世界背后的艰辛让人流泪。笔者早年也曾来过这里，也可见证这巨大的变化，那时候这里还是荒滩野岭、零落僻远的地方，相比对面的厦门是现代化的高楼大厦，看不尽的繁华富丽。如今，漳州开发区已是花园式临港城市，如同一颗璀璨的宝石，透着霸气的光环，可与海对面的厦门岛媲美了。

载《福建文学》2017 年 12 月专刊

距离

梁实秋曾说，一个诗人在历史是神圣的，但是一个诗人在隔壁便是个笑话。20世纪西方画坛上的艺术大师毕加索、梵高、达利，都被说成疯子。实际上有很多优秀的艺术家、作家、诗人都被认为是疯子，格非在《人面桃花》里，干脆用账房先生宝琛的话说：读书人都是疯子。

实际上那是一种超常的状态，他们若同于凡人就不是诗人、艺术家、读书人了。那种超乎凡庸的癫狂、极端、另类、怪诞、不按常理出牌，实际上这是对俗世的尖锐批判与讽刺，对扭曲人性的否定，对披着神圣外衣的教义的否定，对令人失望的现实敲响警钟。想一想，那第一个不肯裹脚的女人，第一个剪掉辫子的男人，是不是那个时代的癫狂、极端、另类、怪诞、不按常理出牌的人？李白最是疯得可爱，杜甫在《饮中八仙歌》里描写他："李白斗酒诗百篇，长安市上酒家眠。天子呼来不上船，自称臣是酒中仙。"李白斗酒赋诗连皇帝老儿都敢违抗，还要称仙道神，凌驾于天子之上。应该说是疯得惊天动地。

女诗人安琪曾在《厦门文学》的一篇文章里说，宁要北京的一块石头，也要离开她生活了多年的故乡和亲人。不可思议吧？那块石头可不是普通的石头，那可是会吟诗的石头。于是，她来到了北京这块文化的高地，创立了"中间代诗人"这一学说，把20世纪60年代中后期出生的诗人，把没有赶上轰轰烈烈的第三代诗歌运动的诗人、把已成为90年代中国诗界的中坚力量的诗人，命名为中间代。我到北京时，与她谈起诗，她便会旁若无人地沉浸在诗里。她也是不按常理出牌的、另类的、永远在路上的，以一种不被多数人了解的“飞翔”姿态生活着。正如她所说的那样：“如果生活阻碍了艺术，我选择放弃生活”，等等。我不知道“中间代”的路有多长、有多宽，毕竟文坛不景气，诗歌波澜不惊。像是一种宿命。安琪，总让我想起安徒生童话《安琪儿》。长着翅膀的天使总归要飞起来，安妥的生活不能使其不妥协，否则她也不可能写出那样的诗“……可以满脸再皱纹些/牙齿再掉落些/步履再蹒跚些没关系我的杜拉斯/我的亲爱的亲爱的杜拉斯！”她的诗总是这般灵性，有速度，有火焰，有微妙的细部，经得起时间的淘洗。

当你选择了诗歌、选择了艺术，你就选择了背负历史沉重的枷锁。黑格尔在他的《美学》里说：“诗人与他同时代的民族观念发生极大的冲突，违反他的民族狭隘精神和艺术观念。这一罪过不是诗人的，而应该是群众的。伟大的诗人只有一个任务，那就是服从于推动着他的真理和天才，去完成上帝赋予他的旨意。宣示真理。真理总会最后胜利，所以诗人总会最后胜利。”感谢黑格尔为我们说出了这样的话，让诗人、艺术家们轻松了很多，否则我们这样一个敬“群众”一词为神灵的民族又怎敢说出这样的话。杜甫胜利了，我们祖祖辈辈吟咏着他的诗，梵高胜利了，他的金黄色普照了全世界仰望艺术的人们的眼睛。但杜甫也好、梵高也好，他们的生前全都是默默无闻、穷困潦倒的。难怪在女诗人感到坚持的困惑时要吼上一嗓子：“说得轻巧，你来试试过程。一说就是梵高，就是海子，但那是他们死后的事，他们生前，每一天每一夜都是要他们自己来过的，那些看到结果的人谁参与了他们生活的每一天每一夜？”所以，我总觉得诗人“最后的胜利”很可疑，那简直就是“失败的胜利”。而过程更像艺术本身之哲理。俄国形式主义批评家维克多·施克罗夫斯基说：“艺术之所以存在，就是为了使人恢复对生活的感觉……增加感觉的难度和时间的长度，因为感觉过程本身就是审美目的，必须设法延长。”

梵高曾割下自己的耳朵送给他所爱的妓女，他的反抗过程是如此暴烈，付出了大的代价，似乎也暗示着艺术的过程就是自残与滴血的过程。

林语堂在《吾国吾民》论诗的章节中谈到李白的死：“李白的浪漫主义以他的死——醉后伸手去捞水中之月，跌落水中而告终。”月亮给了他“举头望明月”“举杯邀明月”的千古诗句。也给了他“水中捞月”不可逆的灾难。艺术的满月是一枚果，含毒而芳香。毕加索说：“每一幅画，都是一瓶我的鲜血。”马克思所设想的共产主义社会，其实是生产力和人的道德智慧都高度发达的社会，人只需花很少的时间谋生却保有大量自由的时间来从事艺术创造。然而，在这高度组织化的市场经济社会，人人都像穿了红舞鞋，身不由己地越转越快。离那个设想的理想社会，越来越远，艺术的激情早已被杀缪殆尽。李白的浪漫之死，身后同样蕴含了这悲哀。

用诗歌赌今生，除了天赋和激情，更需要勇气。那个为了写《鹿林沙山》诗集，独自在荒凉的鹿林沙山中生活了三年的加拿大诗人梯姆说，世界需要疯子，否则就太乏味了。诗人的人生过程就是一场生命的暴力，我不但没有诗人的天分，更没有诗人的勇气，不写诗已经很久，没有胆量以“疯”为荣。我跟在那些完美主义的身后，亦步亦趋，我宁愿自己的生活完美得像一朵假花。没有瑕疵的完美，却也没有生命，消极、枯燥的完美本就是一种虚假，我看到了我与“疯子”的距离。我敬重极端的写作者，极端是一个人的能力和勇气的表现，是生活在纯精神境界里的人。出于本性的选择，内心深处隐秘的需要，他们知道他们需求的珍贵和稀缺，这种需要近乎真理。好的诗、好的艺术应该像尖刀插进肌体，留下痛感。诗人就是一把凶器，一生都在寻找靶子，当尖刀插入肌体，诗人也悄然离去，好奇者们的不宜乐乎与他无关。

我永远敬重那些像匕首一样尖锐地活着的人。在美丽的假花映照下，匕首这一利器就显得尤为尖锐。

载《文学界》2008年第7期

男人女人与海

好友葆真发来短信：“去东山游泳吗？想去立即行动，20分钟后车去载小田和你。”感谢上帝，她知道我想念海了。我只回了一个“好”字，立即投入忙乱的准备。已经好久没游泳了，泳衣泳裤还能用否？甚至不知藏在哪个旮旯了。一番忙乱，泳衣泳裤泳帽眼镜浴巾一应俱全，出乎意料的欢喜。

100公里的路途，车子飞一般。车座前两位男士鸦雀无声，后座三个女人，后座就成了一戏台。大幕拉开，鼓点亢奋，叽叽喳喳地聊开了……忽然车子一个急拐弯，我们被惯性猛地甩向一边，甩向生死的边缘，我们被惊到，惊得大叫，像是从梦中醒来。原来是一只狗闯到了车前。可男人们依旧鸦雀无声，看来男女还是有别的，似乎要等天崩地裂之后，他们才会发声。还好虚惊一场，到了东山金銮湾已是夕阳西下。

换泳装时我才发现，泳裤松紧带已变质，咋办？临时买泳装吗？可我这高大的身躯岂是易事？小田问，男人的泳裤可以吗？她不小心行装里夹带了她儿子从前的泳裤，还有这巧事，好像专为我准备的。也没办法了，只好试试，没想很合身。于是又欢喜起来，女人穿了男装多半不会有不好的感觉，舞台上的冯素珍女扮男装就很好看，比她还原了女儿装还好看，还高中状元呢。若是男人穿了女服便有侮辱的味道，司马懿就送女服侮辱过诸葛亮。读中学的时候，我大弟弟多是捡我穿小了的衣服，一次被他的哥们看出破绽，他死活不承认，他不能承认他穿了女人的衣服。这也是男女的不平等吧。

海水很蓝，似乎只在远处蓝给我看。现在我浸在了海水里，近距离地融为一体了，海水的蓝却变淡了，不知那方才的深蓝被藏在了何处。好想那纯洁的蓝不能被近距离地承接。不禁想问，海呀，哪一个是你虚无的颜色？

看那一排排浪涌起来，像竖起的蓝墙，墙顶上怒放着白色的花。排浪大起来的时候，人就被这巨力吞没，心里就涌起快感，人在水中特有的快感。这海浪的巨力是一头猛兽，先是露出暗绿光滑的脊背，再是白燎燎的牙齿，水里的人就被撞得一个趔趄一个趔趄的，我们三个女人这台戏成了恐怖戏，尖叫声此起彼伏。约翰·班维尔在《海》一书中写道：“……海面汹涌翻滚，那不是浪，而是从海底深处膨胀出来的，好像有什么巨大的东西在里面搅动着，我被举起来，推到了后面的海滩上，像之前一样双脚着地，好像什么都没发生过。是的，什么都没发生过，只是这个伟大的世界又冷漠地耸了耸肩而已。”我喜欢这样的描写，正是我此时的恰如其分。人浸在水里的感觉真是妙不可言，这奥秘也是一个海。那一刻，我同时享用着两个海。

男人们在深一些的地方游着，眼睛却不敢离开我们，那时刻，他们是上帝派来保护我们的。他们远远地看着，依然鸦雀无声。我知道，男人相比于女人更安静，但要是发起怒来，是比女人凶猛的。男人更接近海，有海的性情。

又一个猛浪拍来，葆真用出全部的力气，依然不能稳住自己，就说，即使是英雄好汉也没办法的呀。确实，大自然往往也是大可畏的，比如海啸、比如山崩、比如地震……人在大自然面前总是那么渺小、无能。

海水正值退潮，浪依然很猛，不敢往深里去。据说退潮能把人卷走的，很危险。于是就上了岸。海浪那么汹涌，沙滩却是那么的安静，游泳的人不多，沙滩上玩耍的人不少，还有捕鱼的渔民，他们的网子里装着小鱼，新鲜得很，鱼背上发着蓝莹莹的光。天上的火烧云很好看，沙滩的沙也很好看，石英质感，这是大自然对东山岛的独宠。火烧云照在忙碌的渔民脸上，让俗世里的勤劳有了天空的颜色。

沐浴前我去买了矿泉水，返回时竟错入了男浴室，吓出一身冷汗，还好男浴室里没有人。我这个严重路盲，要是被当作流氓逮起来咋办？我穿着泳装慌乱地跑着，泳装，它所覆盖的那么有限，倘若在办公室里这样着装，谁敢？可是在这里，没有人会感觉难为情，人穿什么，在于环境。

在沐浴室门口，我正感叹忘了带沐浴液，不知怎么办。话音刚落，刚沐浴出来的一男士把手上的沐浴液送给了我，素不相识，感慨今日冥冥中有神助。换上便装天已大黑。即使在这样伸手不见五指的黑里面，我们也不敢像在海边那样穿很少的衣服。可脑子里还是海水与皮肤亲密的惬意，我想人在母亲的子宫里也是与水亲密接触的，母亲的子宫是最早的故乡，在那里，不用为一日三餐烦劳，没有赤身露体的羞耻，那是我们最美好的家园。我忽然悟出人在水里的快乐，水最大面积地和我们的肌肤相亲，如同我们最早的故乡，那样的体己，在我们身体的深处还有记忆。

载《闽南日报》2012 年 1 月 8 日

黑白黄蓝

黑白的那部分

再没有比它更虚空的颜色了，白。我常常恐慌于它的诡秘、幽冷和无边的苍茫，生命的起始与归宿都在其中了。

“晚霞映照西山，月亮已升在东方，是谁还穿着白色的衣裳，站立在窗前轻轻放下了窗帘，啊，是你呀，我们亲爱的护士值班在病房……”我一定是受了这首老歌的诱惑，还有，老影片里王晓棠扮演的护士，翩若惊鸿。还有故事里的神秘女特务似乎都和医院有关。够了，这些塞壬的歌声把我的命运引入歧途，待我深入它的腹地，发现优雅与绮丽只是海市蜃楼，我脆弱的神经其实不适应那里的鲜血，疼痛，死亡。

去医院报到那天，不知为什么脑子里浮现出“化验室”三个字，潜意识里“化验”一词有着高不可攀的陌生与神秘，紫罗兰、薰衣草的气息。我一直觉得我是个有点灵异的女子，因为我恰恰被分配到了化验室。只是这里没有紫罗兰、薰衣草的气息，而是散发着来苏尔味与血腥气，还有粪便、尿液、痰液等排泄物的混合气味。这里是白色的世界，我们用白色武装自己，白帽子、白口罩、白大褂。肉眼极易受欺骗，这貌似洁净、单纯的颜色却最能藏污纳秽、最有城府。高倍显微镜让我看见一个新奇的微观世界。蛔虫卵外缘像蕾丝花边，钩虫卵玲珑剔透，真菌、杆菌展开魔方般的结构……我们的身体也是由无数看不见的细胞组成的，生命和盘托出，肉眼的有限也和盘托出，我们以为看不见的东西就不存在。命运的玄机又何尝不是以看不见的隐态进行着？

医院有个地方不分昼夜地暗着，像日全食。这黑暗能穿透肉身，亮出你的肺腑、骨头。这就是放射科。张潮说："凡物皆以形用，其以神用者，则镜也，符印也，日晷也，指南针也。"我以为X光射线实在比这四样更诡异的，它使骨头像大海里的暗礁，等待着触礁的船只，宏注定是那触礁的船。

医院的夜晚，漂亮女人总给人虚幻的感觉，却不似《聊斋》里女鬼女狐的可爱与诗性："司空"，伊人在花瓣上……鬼故事里的女鬼比男鬼更吓人，尤其是漂亮的女鬼，她们银铃般的笑声在夜色晦暝的荒郊野地里暴响，人便魂飞魄散，仿佛阴间是个女权的地方，女人在那里更有威慑力。丑女在现实世界里吓人，美女便到另一个世界里吓人。她们都是些气场很强的人。当那无所不在的白消融在夜色里，一截明月暗含惨雾，星星和血也属于这样阴质的夜晚，她便飘飘地来，白帽子、白口罩、白大褂，白的软底鞋，轻极了地从你身边飘过，你的脚后跟也会生出阴风。白影子迷离的眼神却不看你，飘过一堵待拆的旧病房残墙，飘过墙根下暗紫的葡萄架，来到太平间，俯仰之间嘴角流淌着鲜血……来医院之前，我听过无数遍这样瘆人的夜游症故事。可我在医院工作了8年，却从未遇过这样的事。那时的太平间只是一间简陋的小屋，里面少有停尸，屋檐上的蜘蛛网如招魂的幡，我不敢朝里窥视，仿佛是不可知的深渊，这所谓的太平间使我的内心很不太平，从这里路过，只需几秒钟，可那几秒钟却漫长地停留在我的记忆里。

现实中那个漂亮的白影子没有飘进太平间，她绕过太平间，穿过后面的小道，飘进了放射科，飘进了宏的怀抱。漂亮的白影子是内科护士，当宏第一次在夜晚与她邂逅，便被她暗里回眸的火烧着了，于是，没有火的夜晚宏便会感觉冷。此后，多少个夜晚，宏在那里焦渴地等待漂亮的白影子，等待白影子带来的火驱赶肉体的寒冷。当宏与白影子一次次地服从这黑夜的火，他们所有的血都成为燃料，他们忘了这紧挨着骨头的火是极难掌控的，它能将生命的罗盘，梦想一同烧毁。

我相信有人的眼睛比 X 光射线更具穿透力，当那样的一些眼睛汇集成强大的光束，刺破隐蔽的黑暗，将他们的隐私白炽化时，漂亮的白影子忽然向宏反扑而来，告他诱奸。她是有夫之妇，最终得到了丈夫谅解，逃过了一劫。而年轻未婚的宏却被冠以“引诱强奸妇女罪”服刑劳改，从此，他的生活坠入不分昼夜的黑暗。这是我去医院之前发生的事，那个寂寞年代，总有人津津乐道。我后来见到的宏是另一番景象。

小银，她说她怕黑。叫这名字的女孩说怕黑是最能被原谅的吧，叫这名字的女孩似乎就应该活在银子发出光芒的地方，如果真有这样一个地方，那地方应该是《尘埃落定》所描述的土司官寨里。小银偏偏被安排在医院最黑暗的地方——放射科。那时她还不知道这黑是照亮人身体里的黑的光。有一天，她自己也需要这种看不见却真实存在的 X 光射线来弄明白她的身体，她要弄明白她身体是不是也藏匿着一些黑。当她亲手取出那张像是记录着另一个世界的片子，在显像灯光前，她看到她肺部的那一片阴影，那么幽暗的一片阴影。她立刻就知道了这世界最漆黑的地方在哪里，那一团漆黑随即弥漫开来，笼罩了整个的她，那段时间，无论地球转动到哪个部位，她的世界都漆黑一片。她病了。

红的，不仅仅是血

我的工作使我接触了许多以卖血为生的人，他们被称为“输血员”。

他们大都有故事。输血员 K 是一个高大魁梧的男人，原是一家芗剧团的演员，不知什么事丢了公职，只得以卖血为生。我来化验室不久他就落实政策重返剧团了，正当大家为他的好运祝贺，却听说他脑溢血死了。说是由于肌体已适应频繁抽血，造血功能异常旺盛，外泄忽停，血如暴涨之洪水，上蒙清窍、内伤经络，身体的大堤不堪其摧。大家惋惜了一会儿，很快归于平静。死亡在这里像走马灯，不可能激起太大的波澜。我依然记得他音色雄浑的唱腔："日时我眼泪掺着茶饭吞暝时我冷对孤对哭啼啼青春年华消逝去早早霜发染鬓边……"那是芗剧《苦命鸳鸯》里的选段。

另一个叫草花的女输血员，她有一个比她年轻很多的丈夫。草花原来的丈夫是劳改犯，关在监狱里。她带着三个孩子艰苦度日，她的花在风中凋谢，她的草却顽强地一岁一枯荣。直至遇到了他，那个男人 M。在他们相握的手上有一整个的春天，她的花又绽放了。M 原本是草花孩子的老师，家访使他们相遇了，也相爱了，草花深知自己的处境，M 尚未婚娶，她怕牵累了他，况且 M 比她年轻很多岁。可 M 的态度是坚决的。在那个年代那种事叫"搞腐化"，其严重性不亚于政治犯。学校先是对 M 提出警告，最终将 M 开除。计划经济时代一切都是按计划分配的，没有工作可找。于是两人就都当了输血员。M 曾自豪地说他和草花是真正的爱情。我听了脸上露出鄙夷和不屑，那时被开除公职的人在我眼里都是反动派、社会渣滓、资产阶级腐朽思想。多年后我为自己的愚蠢羞愧不已。尤其在当下，我一直在想，究竟怎样的爱可以让一个男人不顾一切，甚至丢掉宝贵的公职。这世上珍贵的情感，往往就在俗世小人物的身上。

闯入我眼球的还有另一个人。那是一个匆匆掠过的惶惑的身影，总让我想起契诃夫笔下的套中人。他就是放射科的宏，落实政策重返医院，“文革”时期判得太重。我不知道他经历了怎样的苦难，怎样的坎坷才使得他变成这副模样，但我能从他落叶的脸上见出他曾经青叶濯濯的帅气。他生活里最醒目的就是油纸伞与后门。医院的后门通小镇旧街，肆声悠缓，满溢着俗世的快乐。细雨如愁，抑或暖阳似絮，他的腋下永远夹着一把伞，滞重的脚步叩响在旧街巷的青石板地面，远远望去像一帧古旧的黑白照片，那种古旧的油纸伞，有黄昏的愁绪，却没有丁香的芬芳，旧街衢巷道的墙檐上倒是覆着一簇簇的三角梅，红艳如火，三角梅火一般的燎势与他慌张的神色很不协调，更加衬托出他暗淡的孤独。我从医院的后门过，常能遇见宏。一个下班后的傍晚，我在后门看到宏正与漂亮的白影子擦肩而过，白影子已不年轻，却依然漂亮，令我惊讶的是，他们的擦肩形同陌路。“大江东去，浪淘尽。千古风流人物。”这世上多少震惊世界的大事，不都被时间轻轻抹去了，更何况坊间饮食男女之事。

一日风起，几瓣三角梅飘落青石板地面，让路过的宏摔得四仰八叉，拍片，未发现骨折，却又久不见愈，这病来得蹊跷，亦查不出原因，最后还是落下轻微残疾，刮风下雨便痛起来。也许，他从未想到这纤柔如绢的花儿，这火一般红艳的花儿会成为他骨头里的痛。他总是被柔弱的东西打倒，他不明白自古以来，那些表面柔弱的东西，往往就是最不可掉以轻心的。

黄色的麦场

有时，这里更像一片麦场。这里走着这样的一些人，他们的脸上或画着红色十字，或步履蹒跚，已经丧失了作为人的某些功能。他们都是被某一场大风吹到这里来的，他们本来在另一些地方走，他们走着走着，就被风带到了这里，像连连落地的麦穗。风是命运的镰刀。最怕听这风携带着新生儿的破涕搅动一地黄叶，这天地间的急管慢弦里，你细听，就能听出生与死相撞的脚步，它们在这里交融成一个圆。那是死者给生者让路。若是传来送别亲人的哀恸，那是落叶和那个人踩着同一韵脚，做伴去了活着的人没去过的地方，是悲是喜，落叶不说，那人也不说，在岁月的深井里守口如瓶。他们其实是说了的，只是我们听不懂。

一个明媚的夏日，我第一次目睹了死亡的过程。我端着采血盘来到病房，来不及为他采血，实际上是不需要了。他约 40 岁，一幅穷困潦倒的模样，从他的嘴里有一丝血流绵延而出，医生无能为力地摆摆手退下。渐渐地，血流越来越粗，越来越急，呈喷涌状。他的母亲先是拿碗接，再是痰盂。她的哭声也由丝线般嘤嘤的，直至号啕大哭。把他带到这个世界的女人，又把他送出了这个世界，她看足了他的成长。生命的完整在亲人眼里是大悲哀。此刻，病房窗外能看见开到绚烂的美人蕉，炽热的阳光让蝶翅的煽动也变得懒洋洋了，这一墙之隔，并没有隔断恸哭与蝉鸣的合奏，花香与药味的渗透。此后，我所看到的美人蕉总是散发着死亡的气息，此后，我很难再把光明与黑暗，爱与孤独完全剥离开来。

死者隔壁床是一个自杀未遂的女人，这个从死到生逆向生长的女人，身上插满了导管。她疲惫的眼神落在死者身上，我不知道她是羡慕方才的谢幕还是感到自己活着的幸运。生命的驿站没有回程票，她只是在那个黑漆漆的门口徘徊了一下。有一段时间，我几乎天天都看到自杀的人，大多是喝农药的农妇。最渴望生的人和最渴望死的人都在这里汇合。

这里，更多的人被困于生和死之间。从一种惯常状态到另一种非常态。当意外与肉体之痛使得生活的神经打了结，你就必须到这里解开。有些乱结很难解开，它们足以让你的生命失去尊严，结与劫同音，包含了暗示。轮椅上骨瘦如柴的年轻人，脸上淡漠的表情明示了他坐轮椅的资深，黑铁一般的时间里，他要把轮椅坐穿？他是那么的年轻，20岁左右，他有时被另两个年轻的人推出阴霾的病房到走廊晒太阳。长久不正常的生活使他苍白的肌肤如病房的墙壁。我后来知道了他背后的故事，那个全民皆兵的时代，三个年轻人是同一村子的农民，那时，除了地富反坏右都是民兵，就那么一穷二白的农村，硬是怕被地富反坏右破坏了，每天夜里民兵轮流站岗保卫社会主义新农村。交接岗，那两个人中的一个，对着他放了一枪，原本是开玩笑，以为是空枪。没想里面有子弹，一枪就打到要害，下身瘫废。这是怎样的大不幸？最灿烂的年龄，忽然被限制在一把椅子上。

那两个肇事者也成了倒霉蛋，从精神上，体力上，物力上都付出了高昂的代价，而这代价将随着受害者的生命，绵绵无尽期。有一天，他们恐怖的话让我大吃一惊：“这样下去，我们会被拖死，还不如当初一枪打死他，去坐几年牢。那样他好受，我们也好受……”我不知道该谴责还是沉默，但我知道理性往往包含着残酷，人道往往包含着不人道，这矛盾恐怕要永远困惑着人类。我不知道轮椅上的人是想死还是想活，他古堡幽灵般的脸上，一双眼睛像从未亮过的灯，让我心痛。倘若，这苦难能置换，那两人也是不愿意的吧？将心比心，人非经历大苦难也难有大爱心。那个轮椅上的人能否饶恕他们？大爱和大赦都不是容易的。

我的母亲是一个常常抵达这里的人。母亲原在青岛化工学院工作，那天，她正在青岛市的一间会议厅，参加全市工作积极分子大会，会议厅的壁橱里放着大炼钢铁时挖出的炮弹壳，会议休息期间，一位参会人员把它从壁橱里拿出来把玩，耍杂技似的将炮弹壳一次次抛向空中，嘴里喊着：“放卫星了！”一次失手没接住，炮弹壳落到地上，一声巨响表明它不是一个普通的自由落体，它是一颗臭弹，在应该响的时候它喑哑了，在不该响的时候它却耐不住寂寞。会议厅的地面和天花板都被炸出了大窟窿，死伤多人，放卫星的人当场死去，母亲坐在一个角落里，成了幸存者。可一个弹片飞进她的手臂，卡在大血管里，于是，她被送到医院。母亲说她倒下的那一刻像在梦中，她看到所有的人都在学猫叫，包括来录口供的公安人员，那是个阶级斗争年年讲月月讲的时代，公安局不能排除阶级敌人搞破坏，何况那是全市建设社会主义积极分子大会。母亲想弄清为什么他们都学猫叫，可是她的意识渐渐模糊，几个小时的大手术，医生还是没能将那块卡在我母亲血管上的弹片清除，至今它还安然无恙地待在我母亲的身体里。

与此同时，厦门大嶝岛几百公里长的海岸线，密集的炮弹一齐射向金门岛，震惊世界的823炮战正在激烈的进行中。当通信员把电报呈给父亲时，父亲正巧也在医院，在厦门的一家医院，父亲没有负伤，负伤的是一名话务兵。那时，父亲是驻扎厦门大嶝岛炮兵营的教导员，小话务兵被金门的国民党兵发射的炮弹击中，最终抢救无效。父亲痛心地说，那么年轻，那么帅的小伙子转眼工夫没了。父亲回母亲的电报说，我在前线没有挂彩，你却在后方负伤。我出生时母亲的身体更虚弱了，于是，我被寄养在乡下姥姥家。

母亲后来离开了美丽的青岛，离开了她心爱的工作，去了福建，随军做了一位小学教师。为了父亲她做出了牺牲，因为她知道人生的无常。那时，父母的经济负担很重，每月除了养活他们自己和我两个弟弟，还要负担保姆的费用，还有我、姥姥和一个母亲的叔父，爷爷奶奶。他们已无力回家探望我了。在我很小的时候，父母回家一趟，为我用萝卜刻了很多小人，可我记忆里他们的模样比那些萝卜小人儿还模糊。

是照片改变了我的命运。照片上的我着一件袍子般宽大的新衣，那是刚用母亲寄来的布裁的新衣，宽大的新衣罩不住破旧的裤子和一双穿了邦的鞋，罩不住我那悲苦的乡村表情，它们已深入我的面容。母亲哭着说，得赶快把她接出来了！于是，我8岁那年，家里来了两个陌生人，姥姥说他们是我的父母，要带我去福建。我哭了，我顾不上姥姥了，我的心思在会说话的玩具上。我一蹦一跳地离开家门，我还是回头望了一眼，姥姥那张蜡黄的脸贴在窗棂上，成了我永远的痛。

我当初没有意识到我来到了命运的转折点。我童年的轨迹也因此不再是连续贯通的，它是断裂的，被城市的高楼生生地截断。上海，这座当时最繁华的城市见证了我被撕裂的血淋淋的伤口。我至今也弄不明白，为什么在上海的午夜我会大哭惊醒。在此之前，我从未出现类似情况。当然，我从母腹里来也是哭着惊醒，那哭声昭示着艰难人生的开始。而这一刻又昭示着什么？又何以是这样繁华的大都市而非乡间小道？这不是我的理性所能解释的。我本可以死赖在家乡，将来做个种桑养蚕的村妇？可生命是由不得自己做主的，包括一闪念的灵性。我惊醒后，身边是陌生的亲人，我如置身荒冷的旷野；这繁华大都市于我，就如同茫茫大海于一条小鱼。是生命向我昭示天道无亲？告诉我，人在世间的路向来是一条鱼于茫茫大海的孤独？这是我很多年后一点一点悟出的，上天以怎样的耐心等待我灵性的觉醒？

我此后的照片无比幸福，我穿着途经上海时买的漂亮新衣。那照片跨越千山万水到达我姥姥的手里，我幸福的模样安抚了她对我的思念，世俗的幸福往往是化了装的苦难。我在给姥姥的信中说："这里从来不下雪……"母爱对于我是过了春季播种的种子，施肥再多也突围不出泥土的重压。我被无形的厚厚的积雪包裹，这里四季如春，我却很冷。我每天夜里必蒙上被子哭泣，我想姥姥。同时我也努力遗忘，我必须忘掉姥姥，让自己麻木。很多年以后，姥姥死去，我并不悲伤，那时我才知道我早已在心底一点一点地把我的姥姥埋葬了，痛苦也是一点一点地式微。我哭，是为自己而哭。

那时，我让自己躲进病里，生病成了我童年最快乐的日子。这源于我的一次发高烧，母亲把她的手放在我滚烫的额上，和蔼地问我想吃什么，买来我爱吃的水果和蜜饯。于是我总渴望能发烧，说来也怪，发烧总能如愿以偿地造访我，我害怕退烧，我会用一块手帕紧紧裹住额头，留住热度，留住母亲的爱。这方法挺灵，热度甚至还能飙升。有一次我烧得厉害，昏迷不醒，胡话谵语。我被送去住院，那是我第一次邂逅医院，清醒后我发现那里的一切都是白的，如同我内心的雪。我恐惧极了。母亲去看我，母亲的到来像雪中的炭。

亲情是有温度的，亲情更是一种灵犀。那年，父亲大病住院，在外的我忽然打了一个激灵，内心有个声音告诉我，父亲生病了。那个冬天，我像往常一样轻车熟路地驾驶摩托车于熙攘嘈杂的街道。忽然，一个熟悉的、行动不便的老年妇女在阴霾的天空下那么醒目，那么亲切，与周遭毫无表情的街道，形成了鲜明的对照。一种触电的感觉掠过我的全身，原来是我的母亲。母亲多年前骑车摔伤了股骨头，又因手术失败落下了残疾，走路时一瘸一拐很艰难。她蓦然回首的那一刻，脸上显出了惊喜。我想叫先生用车送她，她拒绝了，她生怕拖累我们，影响工作。当母亲的背影渐去渐远，周遭的冷漠也渐集渐浓，莫名的伤感在心底加重。当母亲的背影消失在街头拐角，我已无法顾及身处闹市的尴尬，两行拦阻不及的泪夺眶而出……

沉重的蓝

在医院，最怕给婴孩抽血，孩子的哭声与母亲的泪撕裂着我的心，我的手便会颤抖，汗从我的脑门上渗出……我的性格奠定了我日后运途的坡度，我的脆弱，我的心太软注定我终有一天会离开我工作的起点——医院，从事业单位滑到企业单位。

疼痛的记忆越积越重，为了逃避，我到了一家起重机械配件厂，而我沉重的记忆不是这坚硬冰冷的机器可以托举的。这是一个和它的名字一样沉重的厂子，我内心从未轻松过，起重机无法托起下岗的阴影。工人们蓝色的工作服让我知道了颜色也是有重量的，蓝，那样的钝拙，滞重。而我们又注定是一些比鸿毛还轻的人。那里也生产各种轴承，滚动轴承、滑动轴承、关节轴承等。轴承里有很多浸渍着润滑油的小珠子，只要一粒小珠子出了问题，整个轴承就不好使了，轴承是机器的关节。有一天，我身体里最大的关节——膝关节损伤了。那用以支撑身体，减压、缓冲，保持柔韧度的关节不再是稳固和灵活的了。这可不像机器上的轴承，轻易可换一个新的。我不得不一次次地跟医院打交道，记得我在医院工作时，领导曾让我们写一份《假如我是一个病人》的感想，当时我觉得这题目荒唐，因为我不是一个病人。现在，我是一个真正的病人，我有了不同的感受，真理有时需要隔着距离的帷幔才能看清。应该说20年后我才交了卷，尚不知及格否。

载《作品》2009 年第 2 期

舌尖上的南胜

楔子

说小吃，便赶时髦地用了“舌尖”这个词为题。文中只写了四种食物，显得题目过大。再一想，地方小吃最能体现一个地域的历史文化。这些年，说起平和就能联想起蜜柚，联想起文学大师林语堂，但小吃也是平和的一道风景。平和县南胜镇，这样的历史名镇自然有很多小吃流传下来，限于篇幅我只写麻枣、咸水鸭、花生浆和O尼柚，且点到为止，更多的还是让舌尖自己说话吧。

南胜麻枣是怎样炼成的

麻枣，以南胜为佳；麻枣，是南胜人的骄傲。南胜制作麻枣已有700多年的历史。这样一味祖传秘制的茶料甜点，被后人一代一代地用心制作，从古早一路吃过来，它已经不仅仅是一味民间小吃了，它也是文化和政治的体现。早有坊间传说，当地一任知县的乌纱帽是用麻枣换的。说的是元朝年间，一书生进京，把随身携带的老家小吃麻枣晋献给皇帝，皇帝吃得金口生香，龙颜大悦，一挥手就让那人当了南胜县令（那时的南胜是县治所在地）。这真是个昏聩的皇帝，反正在人们眼里，历史上的坏皇帝总比好皇帝少。我想，若以这样的电视画面做广告，效果一定不错。

南胜麻枣以上等糯米、角棕芋、白糖、饴糖、花生油、白麻等为原料，经三道工序精制而成。在我进入麻枣作坊时，我是先闻其香，后睹其物。那股奇香是复合香，那是混了芝麻、饴糖、角棕芋、植物油的香。接着，我看到了制作麻枣的整个工艺流程。先将加工成粉的角棕芋与糯米粉在搅拌机里混匀，调和精妙亦是秘诀。这道工序叫制胚，这样做出的麻枣胚才能在油锅里炸，炸至最大的膨胀度。按南胜风俗，这秘籍亦是传家宝，向来秘不示人，代代一脉单传，传媳不传女。

第二道与第三道工序，麻枣胚在油炸机里物理地化学地变化着，魔术一般地膨胀起来，白絮一般。此时，迅速沥出油炸机里的麻枣胚，粉肥雪白的麻枣胚在铁簸箕里醮上熬炼而成的糖浆，再拌以白麻即可。松脆香酥的南胜麻枣就炼成了。甜的饴糖、香的白麻裹着入口即化的枣胚，怎能不让人喜爱？我非常喜欢格楚特斯坦那句著名的“玫瑰是玫瑰是玫瑰是玫瑰”。我想效仿一下，就是：“麻枣是麻枣是南胜麻枣是平和南胜麻枣！”

咸香咸香的咸水鸭

咸水鸭，咸得那么理直气壮。咸水鸭咸里带着香，回味无穷。本地人把这种香叫作“咸香”。南胜的咸水鸭很著名。那天在南胜的餐桌上，咸水鸭这道菜一上桌，立马被众人风卷残云了去。咸水鸭在南胜也有数百年的制作历史。还是同样的道理，无论宫廷大餐还是民间小吃，并非懂得配料就能做好。南胜咸水鸭要做好也是需要讲究，有秘籍的。南胜咸水鸭秉承了秘制工艺和祖传香料配方，在“人有我精”的基础上用心制作的。

南胜咸水鸭有一套独特精细的加工工艺。首先在选料上极其考究，是选用放养的本地名种番鸭，是那种游弋于溪河里的，靠捕食鱼虾、水草、小虫长大的番鸭。南胜山好水也好，鱼虾、水草、小虫长得健硕，鸭子吃了自然也长得健硕。按现在的说法，这样放养的鸭很天然很绿色，这样的鸭肉味极鲜美。鸭子经过放血去毛、开膛除脏、通风沥水、抹盐堆腌、撑鸭造型、文火煮熟。再拌上佐料吊晾，咸香咸香的咸水鸭就做成了，整卖零切随顾客便。这样数日之内，一二三四五数道工序如锣锵鼓点，心中怀有秘诀，手下毫厘不爽。若有远道的客人来品尝闽南菜，咸水鸭常是受欢迎的一盘菜。入席时，姜黄色的咸水鸭被齐齐地切成段，高高地码在盘子里，香气扑鼻。姜黄姜黄的咸水鸭，皮却极薄，肉实且嫩。亦是下酒佳肴。若再洒些红酒，则更醇香了。

花生浆是永远的诱惑

像花生浆这样大众的饮食，在南胜小吃里也占据了独特的位置。这手艺看起来简单，经营似乎也简单，街头巷尾搭个棚子支个摊子就成。然而，各地风物皆有不同之处，皆有其妙，南胜的花生米就是上帝独特的恩赐，出落得粒粒饱满、水光溜滑。选用这样的花生米，用水浸泡 1 小时至 2 小时，再细细地将其研成粉末，加水溶后，小火煨煮至起色，花生末早已糯糜，融为浆汁，再放入冰糖或是白砂糖，趁热出锅，香气便能串出好远，闻者食欲大增。反正也不贵，路人便单个或三五个吆喝着走进这样的路边小店，清喝或是油条馒头垫底，稀里哗啦一碗下肚，润肺养胃。走出好远，还唇齿留香。据说有人看了汪曾祺的“没有喝过豆汁儿，不算到过北京”的文字，就顺口说出：“没有喝过南胜花生浆，不算到过漳州平和”的话。我想，他说这话时，那豪迈气里一定还裹着南胜花生浆的香气。必是刚吃了花生浆，刚从小摊位上起身，嘴巴还没顾得上擦。

喷香甜润的花生浆舀一碗上桌，对于质朴的南胜人，就是一份实实在在的幸福。这样的一碗花生浆是永远的诱惑，这样的一碗花生浆百吃不腻。无论人类怎样聪明，造出多少的核武器和宇宙飞船，可是一粒花生的价值永远不会改变，不起眼的花生却被懂养生的人称为长生果，它的价廉物美和营养丰富是别物不能替代的。即使在满汉全席、法国大餐面前也毫不逊色。谁说一碗花生浆不能登大雅之堂？油亮玉白的南胜花生浆若盛于平和的克拉克青花瓷碗中，亦是美器配美食了。

O尼柚，唯一的你

O尼柚也是好吃的。把O尼柚也列在这里面似乎有点不搭调，因为“O尼柚”是蜜饯类的食品。好像前面写的是原始的手工的农业的，而O尼柚却带着些现代的工业的机器的影子。其实它只是往前迈了一步，这一步迈得很巧妙，因为我很难再找到哪种蜜饯类的食品能像O尼柚这般讲究原汁原味了。O尼柚是柚皮做的，依然保持着鲜果的营养与原味，依然带着芸香科植物特有的辛烈芳香，但没了柚皮的苦涩。因为O尼柚用了世界最高新去涩技术和无腌制生产流程，研发和保守这个绝密的技术。O尼柚是南胜镇的一家蜜柚深加工企业的产品。它们在陈列架上显得很美观，黑色的、白色的、绿色的、黄色的、蓝色的包装很有个性，有O尼柚蜜柚软糖、O尼柚蜜柚果脯等，O尼柚也叫欧尼柚，是英文“only you”的谐音，“唯一的你”。

载《生活创造》2015年第8期

山格宝丰的盐鸡

我在网上搜索“平和山格镇宝丰村”这样的关键词，跳出这样的信息:“宝丰村位于平和县东大门，于南靖交界处。东至文峰镇；西至平寨村；南至三美村；北至南靖县。官九线、沈海高速，从村围经过。宝丰村下辖 11 个自然村……”除了这类政治经济地理位置的资料，还出现一个搜狗地图，专门标识宝丰盐鸡饭店的位置。于是就到了宝丰佬仔饭店。

一方水土必有一方水土独特地道的财富，比如平和的蜜柚，然而平和不但盛产蜜柚，我还接触过很多平和美食，很多舌尖上的好货尖货，比如平和山格宝丰的盐鸡就很有名，就是尖货。那天，我们来到山格镇宝丰村，听说村里有一家叫“佬仔”的农家饭店，那里的盐鸡很好吃。我们慕名而去，还未走到佬仔饭店门口，还没来得及见到刚出炉的盐鸡模样，先就被盐鸡的香味惊到了，还未走到佬仔饭店门口就已经先闻其香了，那浓烈的盐鸡香味真是诱人，透过饭店迅速弥漫开来，一下子就把人的食欲刺激起来了，将胃口调动起来了，让行人流连忘返，难以拒绝地咽下口水。我不知道该怎样来描述这山格宝丰盐鸡的香味，想必这香味真能绕梁三日不绝，也由此想烹制这香飘四方的盐鸡是怎样了不得的一个大厨名厨。

踏进佬仔饭店，很惊讶，店很简陋，店主仿佛也为了符合这店的简朴与矮小的，也一味地朴实矮小着，这对朴实矮小的男女，四十岁上下的模样，原来是夫妻店，原来有名的盐鸡就是经由这样朴实的两双手烹制出来的，与我在店门外那一瞬的想象很不一样，按我所想，这颇有盛名的盐鸡总该是出自一个膀大腰圆、踌躇满志的人，我采访过做厨子这类人。但是，店虽简陋，却温馨，让人更加感到那种农家菜的氛围。前后两个套间，外间是摆了餐桌椅的，餐桌不多，客人很多是打包带走的。后厨也就是后面那间，置放着碗橱、烤箱、微波炉、保温桶、锅碗钵盆等一应俱全的设备与工具，杂而不乱、方寸有度。前厅里喷香喷香的盐鸡都是从这里烹制出来的，调和佐料驱遣盐咸鸡香、掌握火候全在这里进行。

男店主不善言辞，只是憨憨地笑着。女店主叫朱秀丹，她说，鸡都是山顶放养的土鸡，不是吃饲料的那种鸡，是在山上或村子里野跑的鸡，不时地鼓起翅子，呼呼地连蹦带飞的那种，运动好、脂肪少、肌肉结实的那种鸡，土生土长的那种。朱秀丹说，山格宝丰有良好的自然资源，植被茂密，虫类繁殖也茂盛肥壮，鸡自然也吃得好长得好，做出来的鸡肉自然也好吃，所以就开了这家盐鸡店。她说得其实更朴实，朴实在理，是我将她的话稍加修饰润色成书面语，我也听出了她的话中之话，也就是说有山格镇宝丰村这样物产丰富的宝地，山清水秀草木葳蕤，才能有山格镇宝丰村的健美鸡，山格宝丰政通人和是依托，才能心想事成，也就是一方水土养一方鸡。朱秀丹这个农村妇女是有些想法的，是敢想敢做的，就像她的名字，她的“秀”是优秀的秀，“丹”是牡丹的丹，牡丹是一种将美丽绽放到极致的花朵。

总之，不管店主人看上去像不像大厨，优秀也好，牡丹也好，好吃才是硬道理。一只山格宝丰的鸡经过放血、滚水去毛，覆上白花花的盐而烹，盐鸡就做成了。入席时切段码盘或是整只完整的鸡上桌随客人意。一只只嫩黄色的盐鸡码放瓷碟中，肉味鲜美，嫩而不稀，结实有嚼劲而不老，细腻滑润，再佐以酱料一小碟，可谓上品佳肴了，最好不要动刀动剪，就戴上手套撕着吃口感更佳。让人想到大口吃肉大碗喝酒的豪迈与口福，每每吃货们必是风卷残云，很快就将一只盐鸡消灭干净。

咸淡是有地域性的，有“南甜北咸东辣西酸”之说，闽南地区口味偏淡，但对盐巴的妙用却是很精通的，白雪般洁白的盐花花厚厚地敷上去，剔除了所有的杂味，鸡肉便香得纯粹。闽南话把这种香叫作“咸香”，咸里带着香，回味无穷。不但能吸引重口味的人，连我这样寡淡口味的人吃起来也是不管不顾的，一边喊着“太咸”一边不停地吃。一位吃客还跟我介绍说，有人胃虚弱，吃他们家的盐鸡吃到好。我听后宽容地笑笑，像听那些宣传包治百病的广告一样。回来后我果真看到有资料说鸡鸭有滋补、养胃的功效。好吧，不管怎么说，好的鸡鸭都有补益作用。

不知道在博大精深的中国饮食文化里，这独居风味的盐鸡有没有它的一席之地，但盐鸡绝对是寻常百姓家餐桌上的佳肴，又可当饭又可当菜，温老暖贫，滋补养身。宝丰有很多像佬仔饭店这样做盐鸡的，宝丰的盐鸡好吃还经济实惠，算得上价廉物美了。

载《闽南风》2018 年第 2 期

彩饰背后的刀伤

刀，给我的意象是搁在肉俎上和粗糙大碗烈酒旁的，闪烁着野性的、令人生畏的寒光。我总也躲不过一把刀的伤害，时间之刀、命运之刀和手术室里明晃晃的刀。那些有形、无形的刀，那些冷硬、锋利的刀……

时间之刀

时间之刀就着日光打磨，于月色里淬火。它把我的人生轨道生生地切割成一段一段的：童年、少年、青年、中年……

一个敏感的女人进入中年是痛苦的。许多中年的熟人已经离去，中年，身体的小恙像破屋顶上的窟窿，从那里望去，人生的残局依稀可见。我中年的时段特别漫长，好像总也过不完。我 30 岁那年，单位里一个女人有点幸灾乐祸地对我说：“于燕青你已进入中年了啊！”还说，农村女人在你这个年纪就是糟老婆子了。那意思很明显，算你中年已是沾了城市户口的光了。于是，我看见时间之刀落在我的年轮上，留下致命的纹理，听见那穿过心房纷纷凋落的喟叹，心跳的节奏明显地慢了一拍，而衰老却以刀光的速度行进着。35 岁那年，新华西路上一家大型商场开业，服务员殷勤地向我推荐一些款式的衣服，嘴里说着：“像你这样中年的就该穿这款的……”我惊骇，我的外表并不显老，竟然还是被人断定中年，那就中年了吧。我重新翻开马尔克斯的《有人弄乱这些玫瑰》“由于是星期天，而且雨也停了，我更想拿一束玫瑰送到我的坟上去……我独自在房间里，坐在椅子上等待着。我学会辨别腐烂的木头的声响，关闭的卧室里变老的空气的流动声”。感觉那就是我了。那时我开始给报刊写东西，全都是中年的味道。一位诗人吃惊地问我：你是提早做好进入中年的心理准备吗？我也吃惊，吃惊于她的眼神，咋就没看出我积攒了30多年的沧桑？

将奔45岁时，我们的中年概念忽然就跟国际接轨了，于是，45岁才开始算中年。我的中年又得从头来过，路漫漫其修远呀，糟蹋了那么多青年好时光。这事没人给你平反昭雪，没人给你发精神损失补偿费。那时正时兴上网聊天，网上有很多聊天网站，我喜欢“中年难过美人关”这个房间名。中年也能算美人？欢喜得有些惶恐，那好吧，算是对我们这拨中年人的一点补偿吧，以此心祭，给那些远逝的时光一次焚诗葬花般的仪式。对于衰老我是恐惧的，我不是杜拉斯，没有年轻的男子来对我说：我更爱你的现在，更爱你备受摧残的容颜！

可时间之刀总是那么的猝不及防，单位改制，我像一块肌体上的腐肉被“一刀切”处理掉了。这一刀切得我鲜血淋漓，如梦初醒。我的业余生活是一条由各种考试连接的无限延伸的隧道。我考过了中级职称，执业药师和全国公共英语等级考试。界内人谁都知道考执业药师难，我考过时全国不到两万个。执业药师考场在外地，刚做完膝关节手术的我，紧张失眠，头昏脑涨赶赴考场，竟然把针织外衣给穿反了。一件反穿的针织外衣裹着面色蜡黄、蓬头垢面的我，偏偏遇见读卫校时最帅的男同学，事后，捶胸顿足晚矣！全国公共英语等级考试时，料到会和一群儿子级的学生一起考，但没想到贴着名字的考场教室门上还有出生年月，这不是让我老人家难堪吗？这在国外定要提抗议的吧？虽说这是自嘲调侃，个中艰辛唯有自知。我在全国 100 多家报刊杂志发了数百篇文章。我还有医药报的通讯员证，人事劳工和保密员的上岗证。我很早就学会了使用电脑。总之，这些年我不断给自己充电，辛勤的像只蜜蜂，到头来皆是虚空。不是说重要的岗位必须配备执业药师吗？不是说最晚在 2004 年全国药店都要配备执业药师吗？那时距 2004 年还很遥远，现在 2004 年的背影渐行渐远，而全国也只是几个大城市实行了。媒体上还在报道某某地方执业药师缺口多少多少，就是这样一年又一年执业药师像一个美丽的谎言，《中药学》《中药鉴定学》等 10 几本应试书摞成高高的一堆，那些中草药一天又一天地吮吸着我生命的汁液，我单薄的影子喂养着谎言一日日进入枯萎。有的人，不需要软硬件，业余生活就是麻将麻将麻将，就因为小一岁，留下来了。还是自嘲吧，谁叫我不晚生一年呢？来点阿 Q 精神吧。

那一天的阳光很明媚，我去一家药企应聘，老板居高临下的眼神轻慢地扫过我那些证，红色的、蓝色的、咖啡色的；烫金的、绒面的、塑胶的证件，他不屑地吐出几个字：我们需要有客户资源的业务人员。顿时，我的世界下起了雪，我看见那些证件在大雪之下瑟缩着身子如无家可归的乞丐，我不敢和它们埋怨的眼光对视。走过一家又一家的药店，收获的也只有白眼和冷漠。走在大街上，太阳依然很亮，其实就是时间之刀的刀刃，要阻止它们如同堂吉诃德迎战风车。

终于迎来命运垂下的橄榄枝，一枝两枝三枝……私企老板、开药店的同事纷纷邀请我出任或挂证。可我已经没有热情了，我不需要让只是为了吃饭的职业延续下去了，我已经在做我喜欢做的事情了。回想曾经的沮丧亦觉得可笑。时间之刀切开的深渊是我不能逾越的，那每一分钟的茫然都是一片不同的叶，它们不断变换着面孔，催生着命运不可预见的下一秒的表情。

命运之刀

我的骨头和命运之刀在一场盛大的交锋中败下阵来。太阳每天都是新的，而我却两次踏进同一条河流。我的右腿膝关节又一次损伤。这是时隔 7 年的又一次同样的手术，那是怎样的缘分，我重返医院如同一个预先的约会，再看看那些同样破碎的病友，有破碎的头骨，折断的手臂，僵硬的脚骨……听听车祸和意外的故事，残弱病痛让我们惺惺相惜，医生护士都是老面孔，又像回娘家。同一条腿，不同的损伤部位。巧合、诡异，冥冥之中像有某种看不见的操纵。现在，我终于可以独处，我独自蜷缩在无边的黑夜里。曾经，单位里一领导降职，他门庭若市的办公室顿时门可罗雀。他半掩着门在里面看报纸，放报纸的休息室正通着他的办公室。他这种状况却让我好生羡慕。我因此看见了属于自己的气场，那可以听见蝶翅的煽动的气场。过一种简单闲散却不颓的生活一直是我的向往。我战胜了自己和家人的阻挠，终于也有了自己的办公室，它其实就是我的书房，每天清茶一杯，和自己喜爱的书待着，我太需要这样一段时光，一段与嚣世拉开距离的时光，我沉迷于每一寸这样的光阴，像一株独自芬芳的植物，幸福得都有些恐惧。

后来，我在一起交通事故中跌了一跤，我的幸福果然被跌得粉碎。交通事故中的索赔是艰难的。去公安局验伤，法医室竟设在 4 楼，它像一个巨人，嘲谑地看着我拖着一条伤腿艰难而上。仰视它，我心里想到蚯蚓和蚂蚁。法医说按规定我这伤要三个月后才能验，而且还要用关节镜打开关节腔察看，那等于又是一次手术，我很吃惊。法医自己也觉得这定规不妥。然而，许多不合理的东西都如同坚固的碉堡，要撼动它，必须要有董存瑞炸碉堡般的献身精神，无奈，人不是猫，听说猫有九条命。

只好违心地写下因伤势轻微自动放弃验伤。经过调解，肇事者给我两千五作为赔偿。我的一条腿也轻易地被“草菅”了。命运的无常让我敏感而脆弱，我如惊弓之鸟，所有的草绳都是蛇。我看清了有形之物的脆弱，即使健康武猛的躯体也是虚空，现代工业社会，肉体怎能是机械、汽车、环境污染等杀手的对手？我常因臆想中的意外风声鹤唳，我不敢骑车，过斑马线往往要站成一尊化石。我不知道，命运之刀逼近，我是否能不再像等待收割的麦子那样无助地迎接它的刀刃。

手术室里的刀

三个月的保守治疗失败了，只得手术。我的记忆系统有很强的过滤能力，以往做过的手术已模糊，活下去需要这样的健忘。我仰面躺在手术推床上被人推着，也许是角度和速度的变化，甬道里一些人的面容变得遥远、恍惚、不真实。我想着我的家人和朋友，恐惧统摄着我。

手术是第二台，我一个人等在手术室，时间一分一秒地流过，我像一个被判死刑的人，越是延长处决的时间，越是增加对死亡的恐惧。置身这间不足20平方米的手术室，如置身旷野，孤独和恐惧在这空旷里疯长。此时，手术室之外的世界，有人在喝茶、喝酒、唱歌、跳舞、打球、看电视；有人笑，有人哭；有人生，有人死。一个人的快乐和苦难永远只是一个人的。天地很大，我只是一蜉蝣子，这里是生命的屋脊，也许我轻轻一跃就能出局，我出局了，世界也不会眨眨眼的。

隔壁传来金属敲击骨头的声音，我惊悚地听着，仿佛疼痛有了硬度与质感。手术室里一切都是白的，我以往的审美情趣里，白，是出尘、空灵；是好花无色、大味必淡；是蔽日的轻云、是天使的霓裳。此刻，围堵的四壁、俯视的无影灯、器皿、盖盘无不泛着白晃晃的寒光，此刻，白是如此恐怖、寒冷，是刀光钳影，血流如注的前奏。麻醉师和护士来了，我说我怕，我抓住了麻醉师的袖口好像溺水人抓住了稻草，其实只是想讨得一个安慰。人在脆弱的时候，一句温暖和安慰的话就是一剂强心剂。他忽然一声呵斥：“放手！”那是一张年轻的脸，同样泛着白光。看来麻药早已将这位年轻麻醉师的情感也麻醉了。

进来一位漂亮的实习护士，态度也好，我像在寒冬看见春天里的花朵。我问她，别人是否也和我一样紧张恐惧？她说会的，都会的。因为别人的恐惧我反而不那么恐惧了，这似乎有点阴暗的心理，起码我觉得我不那么孤独了，也许就在隔壁，有一个跟我一样恐惧的人，在隔壁的隔壁还有和我一样恐惧的。过去、现在、将来，那么多人都和我一样恐惧着，就像一个苦难，有很多人共同承担着。

寒光凛凛的手术刀划过我的肌肤，绽开我的白骨，我的知觉早已遁入黑夜。而此刻铺展在手术床上的我的肉体只是一个投影，我空出的灵魂，那样羸弱和无助。不知过了多久，我感觉到有人在摇晃我，我意识到手术终于结束了。世界又亮了，又有嘈杂的人声，有人在我耳边说：你能听见吗？摇摇头，不然就点点头。可我的头像有千斤重不能动弹。我在医生护士的惊忧声中又过了几秒钟，我的头终于能微微地点几下，他们才放心。我拼尽吃奶的力气高喊“感谢上帝我又从彼岸渡回来了！”我还没完全从麻药里恢复，我的话像聋哑人的话，没人听得懂。

术后第一个晚上最难熬，缠着绷带的腿很疼，像一棵枯萎的老树，上面压着冰袋，疼痛却依然将我覆盖。隔壁床是个茶农，他骑摩托车与大货车相撞，鸡蛋碰石头，当时就昏死了过去，被撞掉的牙齿散落满地，他是被医生用一根钢针插进大拇指时痛醒的，他一声尖叫把医生吓了一大跳，他从脚趾、小腿、大腿一路断上去，已经做了5次手术了，第一次手术还是在省城大医院做的，但失败了，他已经是残废了。有天夜里我听他暗自啜泣，我潸然泪下。同样的黑夜它包裹了幸福的人也包裹着悲伤的人。这个暗夜里有那么多人各自背着自己的十字架艰难跋涉，苦难是不可比的，只有幸福才可比；幸福是鲁钝的，痛苦是尖锐的。痛苦是上帝高举的火炬，我不知道能为我照亮什么。那些白天和黑夜那么的漫长，输液瓶和我的血脉像是嫁接了，苦涩一滴滴流进我的血液里、骨头里。

诗歌是刀尖结出的神秘果，血一样红色的果。我和自己相处的时间多起来，我又亲近诗歌了，我又开始写诗了，这是我始料不及的，我以为我再也不能写诗。我生命最坚硬的地方麻木，愚顽，必须靠命运重锤一次次地击打，必须让一把把锋利的刀切入，我听见和骨头同等重量的东西在苏醒，我看见被乱石和荒芜遮蔽了的内心语言，我深入我不曾抵达的纬度将它们清除。我用诗歌的刀对抗手术的刀，这是最好的以牙还牙。那些文字同样迈着尖锐、疼痛蚀骨的步子。我行走的脚步立在刀尖上，这样深刻的轻盈犹如蝶在花之上。

载《阳光》2009年第12期

征服

1

电脑霎时黑屏，黑漆漆的屏幕像一扇大门，我像忽然跌进黑色的深渊，那些刚敲出来的字像鸟儿一样全飞了，还有一些卡在脑子里尚未出笼。接着，我的脑子也空了，接着，白昼空了、黑夜空了，连思索也被抽空了。总之，我是什么事也做不了了，我的电脑坏了。

电脑公司的技术员迟迟不来，我无所适从，从浴室出来，我关了热水器，开了空调，开了音箱，开了电视，有金属气味飘起来，连音乐也带了强烈的金属质感。我侧卧在沙发上，一边按着遥控器，一边漫不经心地看书，我不知道我更想看电视还是更想看书，我贪得无厌。手里的书是罗伯·格里耶的《吉娜》，有一段文字映进我的眼帘："机器在监视你们，你们别再害怕它！机器占据了你们所有的时间；你们别再为它牺牲！机器自以为比人更优越；你们别再重机器而轻人类了！"罗伯·格里耶告诉我，我们操纵机器，也被机器操纵，我们的自由意志更是被机器控制着，它占据了我们的时间、空间。机器把人蒙上眼睛变成了盲人。我在想，电脑算不算机器？我享受着的电器算不算机器？

电脑修好后，我先百度了一下"机器"这个词，跳出两个答案："机器是由各种金属和非金属部件组装成的装置，消耗能源，可以运转、做功。它是用来代替人的劳动、进行能量变换以及产生有用功。”“机器由是零件组成的执行机械运动的装置。用来完成所赋予的功能，如变换或传递能量、变换和传递运动和力及传递物料与信息。”无论哪一个定义都符合把电脑和这些电器看作机器，看来我是被机器控制了，我离不开机器了，这大概就是城市生活的结局，但绝不是它的初衷。小时候看过一本记不起名字的魔幻小人书，说的是在一个国度里，人都只长着一根指头，因为这是一个机器化的国度，无论做什么人只要按动机器按钮就解决了，因此，人只需要一个指头就够了。我的身上也一定长出了这样的一根指头，我有时参加一些文学活动，于是，我的某个身影就会偶然出现在电视新闻频道里，顷刻之间，我被机器克隆成众多个我，走进千家万户。翌日，菜市场的小贩立即认出我来，我从不看那个频道的母亲，也会很快获知这个消息，还有的人对我感叹：“写作有进步了！”听了这话，我需要愣怔一刻才能缓过神来。

是的，我们爱机器。我已是机器豢养的一只宠物，石油是我的腿，电脑是我的心脏；大大小小的机器联手，打造生活的加速度。我是依赖的，也是无奈的。我孤独地望着满大街冷漠、贫乏的目光，那急匆匆的人群像是奔赴一场机器的盛宴。

2

我的居所附近有一条水渠，沿渠有一排柳树。刚搬来的时候水还不算太浑，大雨过后水势汹涌，岸边常有垂钓之人。待水安静下来，那些个绿柳倒映在水里，也蛮好看。后来这条渠成了排污的通道，就有了臭味，水也浊黄起来，绿柳也没了倒影。这都是机器的排泄物给污染的。

河渠上有座桥，桥边上有个菜市场。一个游离于菜市三尺之外的老农，脚下摆着一担青菜，一看就知道是进城才穿上的不像西装，也不像中山装的灰色上衣，连折皱都显出拘谨来。好久没下雨了，桥下那水是静止的，深绿色的，各种污染源和水藻的泛滥已使它病入膏肓，如大地溃烂的盲肠。两岸婀娜的杨柳，便有了讽刺的意味。老农的筐里是细嫩的茼蒿和小油菜，我喜欢这样小棵的菜，就一种拣了一些，老农笨拙地过了称，又劝我多买一些，我说太多吃不完。话音未落，那一刻我被他眼底的忧伤击中，就又多拣了几棵。我的指尖抚过的分明是菜微凉清瘦的灵魂。

老农感叹：哎，这么小的菜就得摘下来！我听了好奇地问何故，他只说是做路。我能想象一条开发中的路要从他的菜地经过，有一些大机器要从他的菜地经过，于是他的菜地就被轰隆隆的铲土机吞噬了，被机器吞噬了，嫩油油的绿色就被征服了。用不了多久，奔驰、宝马、奥迪、保时捷、凌志、丰田、本田、雅各、大众、别克、福特、雪佛兰、雷克萨斯、飞度、福克斯、奥德赛等各种机器就会呼啸而来，呼啸而去……我说，这样你不就能得到钱吗？他愣了一下说，钱花完了怎么办？我一下想起一句很流行的话："要想富，先修路。"一切必须为路让路。难怪有人说，当下的资源和财富就是依据破坏能力分配的。我默默走开，没有要他找的零钱。他又揣着一把菜在后面紧追了几步，他的样子让我不敢回头看，我忽然想哭。

3

我原本的小居位于城郊之间，窗外，由近而远的菜地，橘树，香蕉树在阳光下辉映着深浅不一的绿，一幅养眼的绿色画卷，一日，满载沙土的一辆辆卡车，往返而驰，先是那一大片菜地不见了，接着是高高的脚手架取代了那些果树，就这样一块块的绿地被城市的扩容蚕食了去。从我居住的小城到儿子寄读的乡村中学，十几里路两旁稻香袭人、蔬菜葱绿。隔了段时间再去，便见不到任何植物了，只见推土机风卷残云，新翻的土地连成片，光秃秃的黄土地蔓延到远方。各家开发商的彩旗、红布条在风中作猎猎状。我知道用不了多久，这里就会别墅，商城林立。我们正处在一个城市扩大化的时代。

我的居所附近还有两块硕大的绿地，两块绿地被一座桥连接起来，谓之“人民广场”。也是忽然，桥那边的绿地就被开发了，说要盖大型商场。这些年，大型商场一个个地进驻我们这个小城。于是只剩桥这边的绿地了，晨昏时，来这里走走坐坐或是锻炼的人忽然多起来，人多起来自然是两块绿地的人加到一起来了。来这里走走坐坐的人里，常有一个五六十岁的男人带着他的小孙子，小孙子两岁左右，很皮，正值莲雾成熟时，一棵莲雾树缀满了莲雾，粉红水灵很是好看，树下也落满了莲雾，那孩子捡了就往嘴里送，他爷爷马上阻止，他的依据是，若能吃，早就被人摘光了。所以他认为这棵缀满了果实的，这些莲雾是不能吃的，或许有毒也说不定。他依据的其实就是人的贪欲和占有欲，人不会为别人留下能吃能用的。跟他聊起来才知道他原本是这郊区的农民，因为土地都被征收了，农民变了闲民，也就来此地休闲了。他没有我见过的那个菜农的愁绪，也没有高兴的表情。他看着桥那边隆隆的推土机，嘀咕一声“讨债啊，可惜呀，原来建绿地投了那么多钱……”

我忽然意识到，城市本身就是一部大的机器。城市是强大的，当年，强悍的成吉思汗曾发愁于他所征服的帝国城市是否对游牧民族有用，他的将领们主张夷平它，但城市的商品与赋税的利益吸引了这些征服者，征服者最终被他们征服的城市所征服。这是怎样的讽刺？“征服”一词，毕竟让人想到的是挣扎后的失败，而更多的是在强大的城市面前，强弱的悬殊只能是被淹没，那是来不及挣扎的。

但有时一座城的毁灭，又像一朵雪花顷刻融化。酒色之都的庞贝城，太阳神庙、斗兽场、大剧院、商铺、娱乐场馆，商贾云集，极尽繁华。然而，一夜之间，一座火山将这些罪恶的繁华消逝，那些惊骇的景象如同警示，许多人在睡梦中死去，也有人在家门口死去，他们高举手臂张口喘着大气；不少人家面包仍在烤炉上，狗还拴在门边的链子上；奴隶们还带着绳索。

4

正当我不知该对那个郊区的农民说什么好的时候，我的手机响起来了，是我一位家在乡村的老同学的电话，而我的情绪依然不能阙离刚才的情景，于是，对于雄起的城市和式微的乡村的感叹沿着电流贯通，她亦有同感，这位身居乡村很少外出的老同学，竟然说出一番振聋发聩的话："一个社会的和谐必然仰赖大自然的和谐，其实上帝已经为人类把大自然安排得很完美了，而人却要改造得面目全非……"我正想着这话说得好，老同学话锋一转，让我有空去她家玩，我说听说你那乡下的路不太好走。她立马说，再过一年就方便了，我问什么意思。她说马上有一条大路就要修到她家门口了，一年后通车。我无语。

载《山东文学》2013年第3期女作家专号

猫与鱼

形容一个男人很色，闽南方言称“很猫”。常听到“这人很猫”的说法，这个形容很贴切，猫是贪腥的，猫性很强的男人贪恋女色也同猫对鱼的贪婪一样，自然界的鱼种类繁多，现实中的男人女人世界庞杂纷呈、光怪陆离。

聪明的猫儿很有一套吃鱼的哲学。

经过腌制的咸鱼，虽不如新鲜鱼儿鲜嫩可口，却经久耐吃、不易腐坏变质，且有一个最大的优点，就是经济实惠。这多少有点像“糟糠之妻”，看来，婚姻便是将新鲜鱼儿变成咸鱼的腌制过程。然而，再馋嘴的“猫”在他没有发迹或是穷途潦倒之时，他也只能吃吃咸鱼罢了。一旦时运亨通，他们便让吃腻了的咸鱼安静地待在盐坛里，自己却到外面去寻觅时鲜腥味。生活中这样的男人也不少见。旧时，男人将窈窕淑女娶回家，便不再好求，一任窈窕淑女在无尽的锅碗瓢盆、柴米油盐、针头线脑中，日复一日地蜕变成一个无趣的黄脸婆。这样一来，男人们反倒更有理由大红灯笼高高挂地三房四妾、外加野花陌草连沾带捏。

文昌鱼是一种浑身上下没有鱼骨鱼刺的鱼，吃起来也就肆无忌惮了，这很像中了桃花运的男人，遇上钟情于自己的女人，心甘情愿、投怀送抱。男人驾驭起这种女人最得心应手了。

与文昌鱼相比，吃河豚可就没那么简单了，其肉细腻、鲜美无比，很具诱惑力，但要吃这种鱼是很有些讲究的，不可轻举妄动，因为河豚的卵巢、血液和内脏都有剧毒，弄不好就会“猫命”难保，中毒身亡。没有高超的“吃”的本领和大无畏的精神是不行的。河豚很像那些不择手段，专以迷惑男人而达个人目的的心狠手辣的蛇蝎女人。

女强人自然是事业有成的一类女子，她们聪明能干、自强自立，乃女中佼佼者。在“猫们”的眼里，她们是鲸鱼，属庞然大物，“猫们”自然退避三舍，不敢贸然吃之。

兄嫂、弟媳、儿媳等亲属女性如同养在鱼缸里的金鱼，深缸靓鱼，只能观赏不能吃。

把你腰包里的钱掏空便溜之大吉的女人很像鳗鱼，滑得很，没有钱的时候休想得到她。对待鳗鱼也是一样，没有技巧，又赤手空拳，是很难将其捕获的。

章鱼那长长的带有吸盘的须可不是吃素的，一旦发现猎物便会牢牢抓住。现实中也有这样的女人，一旦有了她想要的男人，便不会轻易放手，即便豁出名誉、拼上身家性命也在所不惜，至少也要像章鱼那样放出黑墨将你抹黑。

无论馋猫、懒猫、野猫或是身价高贵的波斯猫，都有一个共性，那就是吃着碗里的想着海里的。猫们总觉得吃进嘴里的鱼，没有十全十美。对于猫们，大海总是充满蛊惑，鱼类丰富，美女如云。猫们可以尽情地想象，想象中的鱼才是十全十美的。传说中的“美人鱼”应该是十全十美的吧，可惜现实中没有，若真有了，也是吃不得的。

载《辽河》2004 年 1 期

遭遇李鬼

本来就对自己的生存状态发出质疑：业余时间，远离朋友、拒绝社交，孤独寂寞地码着那些无名无利的文字，是不是值得？不经意间发现那些可怜的文字竟然被剽盗，这无异于偷瞎子的钱、抢乞丐的饭碗。先是在一家文学网站发现了一个女李鬼，她狡猾得很，她先抄袭一半，并在后面加了一句说明：“哎呀，好累，先写到这里吧！”你看，伪装得多像？文中无一处注明“转载”的文字。顿时，我义愤填膺、揭竿上网，准备来一场痛打落水狗的战役。

为了知己知彼，百战不殆。我不得不阅读她的东东，只两篇便倒尽胃口，确信写这种文字的人不是我的对手，确信自己能轻而易举地将她拿下。为了人证物证的确凿，我只好以真名实姓闯入这个虚拟的世界，尽管那感觉很不舒服，就像在光天化日下被剥光了衣服。我说：“你虽文笔很臭，但抄袭天赋颇佳，不过后半段就不劳你了，还是我来替你写吧。”我在网站回应她之后，就把后半段贴了上去。真是天衣无缝，就像一分为二的玉镯又合二为一了。我自以为高明，为自己的聪明心下暗喜。

一小时、两小时、一天、两天过去了，无声无息，风平浪静，不知敌人是在养精蓄锐、运筹帷幄，还是做贼心虚、落荒而逃。正疑惑时，便遭狙击，她终于露面了：“你这人好好笑，睁开你的狗眼好好看看！

神经病！”我一下子被她弄蒙了，她敢这样骂我？难道是不知羞耻？还是我疏漏了什么？我又仔细看了几遍，并未发现新情况。感觉就像围棋高手遇到了乱棋，没辙。再看，却发现此人原来还是原创文学网站斑竹，也就是编辑是栏目负责人，我更气愤了，这样的人还当文学网站编辑？我于是以一篇《当李逵遭遇李鬼》的帖子质问：“请问我是不是该把我的文章拱手相让才不是神经病？”我还把发表我这篇文章的报纸名称、责任编辑、日期、报刊网址的链接一并嵌入，心想这下证据确凿，狐狸该露尾巴了吧。没想，她毫不示弱地抛出一篇《告网上的疯女人》，她罗列了据说我那种种令她忍无可忍的罪名，诸如撒泼、造谣，等等，甚至还骂我是患了禽流感的疯狗。那时正值禽流感肆虐。其谩骂攻势之凌厉、水平之高强，非我那文质彬彬的“请问”“侵权”之类的东西可以抵挡的。我蒙了，真是秀才遇到兵。

网站一管理员想化干戈为玉帛，也抛出长篇赘文，除了有警告我的意思外，就是说她（剽盗者）自做斑竹以来，成绩显著、劳苦功高之类的话。好像斑竹做得好就可以剽盗他人之文或证明剽窃不是她所为。陆续有人上来，他们遥相呼应、十面埋伏，我却四面楚歌。

想想还是三十六计，走为上吧，临逃时还自作阿 Q 一番：“祝大家创作丰收！为文先为人，与网友共勉啦！拜拜！”尚未走得，忽见一帮凶大喊：“兄弟们抄家伙上！”霎时间，他们同仇敌忾、棒打砖砸，十八般武艺、三十六路拳脚齐上阵。我急忙抱头鼠窜。幸好是虚拟世界，要不我早已皮开肉绽、小命难保了。本想痛打落水狗，自己反倒成了狼狈的落水狗。

然而，这只是一个序幕，接着，我发现有一个专门推荐作者和作者文章的网站，文章明明是我的，但作者的名字却不是我。后来的日子，我竟然陆陆续续发现了我好多篇作品被盗，且情节更恶劣。那些把我的文章砍头去尾再加上一点他们的文字发到报上、网上的姑且不论，最气那些把我许多文章一字不改地换上他们的名字，在全国多家报刊杂志赚稿费。最后发现，几乎我的每篇文章都被剽盗，几乎每篇文章都被多人剽盗。看着自己辛辛苦苦写的那些文章都署上了别人的名字，那感觉就像贼偷了你的东西，还把那东西在你面前晃悠：“嘻嘻，这东西是我的，你能怎样？”打电话给报社编辑，编辑也很难记起哪篇文章，这样来来回回要打好多长途电话，常常是花费很多的精力、时间、金钱，除了得焦头烂额，也不一定能把事情搞清楚。有的编辑也只是封杀他们，可稿费照样落入文抄公们的口袋。再说了，封杀得了吗？他换了马甲照抄不误。什么廉耻呀，道德呀根本不在他的字典里。

心想这样下去非气死不可，于是我来到一家维权网站，想借助法律这一尚方宝剑，不料却惊出一身冷汗，这家维权网站同时也是一个颇有名气的文学网站，在一个网名为“忧郁男孩”的个人散文专集里，一篇除外，其余竟都是我近年发在各地报刊的散文随笔，真难为他独爱，一并搜索了来，只稍稍改了题目便据为己有，让我触目惊心的是他还加了A级授权声明：“我谨保证我是此作品的著作权人，未经××××网站授权，其他媒体一律不得转载……”他用什么来保证，忧郁的男孩真该先为他的品行忧郁。我一边感叹这样的巧合，一边急火攻心，险些癫痫了去。

我只好再次整理我的证明材料，向此网站讨回公道。我只想让文抄公知道个人的权利是不容侵犯的，若要人不知，除非己莫为。那网站本是一个维权网站，但大侠鼾侧，竟有盗贼，正义的维权成了魑魅魍魉的保护伞，让人遗憾。

网站工作人员的态度还好，但无非也只是将文章删除，文集撤除、封其ID的处理。但ID可以换个网名再申请，文章还可以再盗，而我却受不了这样一再的折腾。

好不容易知道有个著作版权局，受各家版权局指引，我一路电话打了去，心里默默感谢贝尔发明了“电话”这么好的东西。国家版权局说这属于我本省的版权局管，本省的版权局管又说他们不能跨越区域执法，我只好到各地文章发表的所在地版权局，最后我被介绍到一家版权代理处，原来是要让我付诸法律。律师说这要到他们发文章的所在地区诉讼，整个程序的烦琐、麻烦，听了就让我发怵、望而却步。且我要为每篇文章付出至少在五千元以上，想不到我那些豆腐块的文章也有身价百倍的机会。律师说，得不偿失呀，如果对方是有身份的，例如教授什么的，打打官司尚有价值。可我想他们大多是小蟊贼。这样，电话打了一大圈，无用，还赔上了许多电话费。

有的编辑还说:“她是80后，你跟小姑娘计较个啥?”我被抄袭还不能计较，否则就是我没肚量了，没趣了，跟人家金童玉女计较了。我后来发现，像新浪网等一些大的网站转载我的文章，大都注上“佚名”，或是“作者不祥”。这也是被盗的一个原因吧?你想，没主的东西还不是不拿白不拿?不明真相的保不定还以为我抄袭他们的吧?

我们当地作协主席青禾老师安慰我说，还是为自己斟上一杯酒，祝贺一下自己吧，说明自己的文章好才有人偷。惭愧、惭愧，人家那么多名家不偷干吗偷你的?大有鄙人借此弘扬拙文之嫌。苍天做证，我岂敢有王婆之心，就像前些天我丢了个摩托车帽子，母亲知道便乐了:“他没偷你的摩托车不错了。”只叹当今文坛亦是如此，江洋大盗少，小蟊贼却满天飞，于是遭殃最多的就只能是帽子。再说，酒也是不敢喝的，本已急火攻心、肝风内动，若再借了酒势，怕是要脑溢血的。虽说是小蟊贼，可他们凭借现代科技的进步，早已免去了挥笔之累，只需要劳动几根指头拷贝，就像古代侠义小说里那些飞檐走壁的神偷，神不知鬼不觉，你的劳动果实便成了他的小菜一碟。其实称他们为文抄公、文盗婆、李鬼、小蟊贼都不足以为他们正名立碑，还要加上“现代”一词。写点文章本只图做自己喜欢的事，现在为了身体健康心情愉快，应该是，若要人不偷，除非己莫写。可不写也是做不到的，唯其能做的，那就是祈祷别让我撞见，眼不见心不烦。

乎一日，见一网络写手，在自己的文集里注上了这样的字：“祝抄袭我文者得癌症！”觉得残酷了点，但解气，是不是能起到一点杀毒软件之于病毒的功效？

载《雨花》2005 年第 5 期

秘密通道

那一刻，是连立锥之地都没了。一个急拐弯，命运像一场暴风雪，在我意识到达之前再一次将我跌回奶瓶的高度，我像个婴孩，整日躺着吃喝拉撒。我从不知道我的苦难可以这般肥沃地开放在这个夏日里。疼痛爱上了我，在我的身体欢乐筑巢。

这个夏日，蝉声从鼎沸到荼蘼，再从荼蘼到鼎沸，如我周而复始地跌倒，让我一遍遍温习不幸与哀伤。在去医院的路上，心底的恐慌比肉体的疼痛更凄厉，夏夜嚣市里的一切全都成了的幻影，我一路颠簸到医院，再由医院的病床、手术台、家里的卧床，直至黑夜的腹部，这该是我命定的秘密通道，如植物根茎的维管束，连接着我蓝色的血脉，我看见滴滴负痛的时光攀缘而上，饱含汁液地绽放成一朵夏日灾花。

医生说，患肢必须在高过心脏的位置，才有利于血液的回流。我医嘱，将一条伤腿高高垫起，大拇指已黑紫，沿脚踝一路蔓延。一条腿居高临下如同寒峭的山峰，成了我一整个夏天仰望的方向。双脚生来就是远离生命中心的，也许被忽略太久，负重太多，时光的流转，又一次抬起它的头，与地面保持着警惕的距离。钟点工来，不忍目睹，嘴里感叹:“水人没水命!”闽南语“水”就是漂亮的意思。当命运的天平就这么一头倾下去的时候，我得到一点小虚荣的安慰，找到了平衡点。

去夏，右腿做了骨科手术；今夏，左腿又摔了。此后，所有的路都像蛰伏的毒蛇，它们以怨毒的眼睛盯着我。凡知晓的朋友个个祥林嫂似的重复着同一句话：你的腿怎么又……我不得不一遍遍地咀嚼这句话，咀嚼久了就想到一些玄奥的，超出以往认知经验的东西。我有限的思维都朝着这个方向沉沦，我的双眼沉重如铅地游离于天花板和伤腿之间，想要看透我神秘的劫难。

医生说，要做皮瓣翻转，说破了就是剜肉剥皮，古时囚犯才做的。医生又说要做病理切片，“绝症”这个词就在内底风声鹤唳起来，孤独、恐惧、流泪，是我那时的写照。我就这么一直躺着，我昼夜不停地摆出这与死亡平行的姿势，没承想，我出生前那无穷无尽的时间里，远有唐宋元明清的辉煌，近有辛亥风云、抗日烽火，在我到达之前，这个世界已然热闹，我却凝固在黑暗里，身后仍将是无穷无尽的黑暗，我的生命长度只是无涯黑暗里擦亮的一根火柴棒。一文友硬是让我找高人占一卦。我没有，幸亏没有，岂不知许多的占卜就如诅咒。当初也只是想，济慈死于23岁，裴多菲26岁，莫扎特、拜伦都不过36岁，而今，平庸的我半生浮沉已过，仍在糟蹋五谷浪费衣帛。

一个七月流火的午后，我在手术台上记住了一个医生的名字“夏春”。多好的名字，一年四季最旺的两季，真是占尽人间缤纷，这两个字暗合了他成功的人生：灿若夏花，妙手回春。当金属敲击骨头如钟声响起，当我触摸到疼痛的硬度与质感，刹那间，我的季节里已是春风无力、夏色瘫软。同样的两个季节，能开出不同的花朵。

我是被滑倒的。台阶下，那一团黏滑可疑之物，也许是乳胶漆将我滑倒，让我重返医院，医护都是老面孔，好像回娘家，又如同一个预先的约会。铁打的医院，流水的病人，病人都是新面孔，为此，我结识了很多病友，残弱病痛让我们惺惺相惜，这是怎样的缘分？一对夫妇下坡时摩托车轮飞了，两人摔成熊猫脸，男的表情凄惨，女的还能笑，虽有些勉强，而她去年同样也做了骨科手术。她说她好了要去庙里拜拜，而我却想去教堂。

另一独身女民工，一手四指被机器轧断，也是一副坦然的样子，正当我对她的钦佩油然升起，并羞愧于自己的脆弱时，那女子忽然一个低头便抽泣起来，我的心也疼了起来，我把面巾纸悄悄塞给她，也许受了忽然的感动，她惊愕地抬头说了很大声的“谢谢！”这是个知道感恩的人，我总以为，凡知道感恩的人还能算善良的人，我在心里为她祈祷。

墙角里愁苦地瑟缩着一个要开脑的病人，他茫然的眼睛看向窗外。窗外，天空蒙，月低悬，映着他苍白枯槁的肉身。每个不幸的人都有各自的不幸，都要经历一段痛苦的心路才能挺过来，才能接受现状。这里众多的痛苦刺着我的眼球，这里听不到为赋新诗强说愁。

有人送小报来，都是药品广告，还有第n届饮食文化节开幕了，还有某影星的绯闻、某女明星胸部下垂、富家女豪掷千万征婚，等等。这个时代，那些幸运而无聊的人正在弄出极大的动静，这使我伤痕累累的夜更加不堪。我的视野里没有一个可拯救我的偶像，比如一株可对话的植物，一只可相依的宠物，我只有我自己。也许看得见的东西都是靠不住的。

我全部的知觉沉浸在我自己的世界里，我又开始写诗了：“酷夏在上/我是柔体的蜗牛……”诗是最自我的文字，我羸弱的骨头支撑着我羸弱的脚步，沿秘密通道纵深而入，我知道疗伤业已开始。

想起艾迪·皮雅芙（EdithPiaf），这扬眉却薄幸的女子唱着：“快给我全部的爱，让我远离一切苦痛与烦忧。”生活并没有按她的意愿只给她好运，她的好运与厄运如影相随，她的歌唱生涯一路攀升，终于登上世界歌坛荣誉的顶峰。同时，她幸福的婚姻不能长久，她爱的男人，总是被神秘、意外夺走，不是被谋杀就是空难，自身也遭遇两次车祸，因此她哀伤地唱，幸福总在离她三尺远的地方。她总穿黑色衣服，她的歌亦带着黑色的凄婉与苍凉。她绝望、酗酒、吸毒，身体渐渐孱弱。她最后的歌《爱情有何用》总让我想到梵高最后的画《麦田乌鸦》。

我开始脱发，一枕一地的落发叹息着，叹息我艰难地寻找的平衡，我沧桑的眼睛依然湿润地注视着，我找不到方向，东南西北都不是，伤痛和四处求医的艰难让我自问，我是怎样来到这悲情薄幸的世间，盲目地被人流裹挟？甚至人质一般被胁迫？也许只是自己不小心失足踏进。万事易进不易出，小心呀小心，我的双脚总是这样的不小心。此前，它们就没有停止过流浪，只有心怀希望的女人才会去等待，而我，只是一路流浪。我穿越茫茫人海，以这样的方式忘掉一些人一些事，然而，鱼贯忘川只能是饮鸩止渴。一个人躺在病榻上，如同一个走在祭祀途中的人，我在我居住的这座城市寻找我想要的东西。我想起我在学校画板报，喜欢画蓝色花，一同学诘问：有蓝色花吗？后来，看了卡雷尔·恰佩克的《蓝色的菊花》，那惊艳全世界的蓝菊花，在铁路线禁区内，只有那个疯癫的姑娘摘到了。而我们都活得太小心，循规蹈矩，更是不敢疯癫。剧痛压胸，上半身的痛、下半身的疼，它们雌雄相亲，把我的身躯当成生息繁衍的大森林。

我的夜开始明亮，一颗星在我苍白的天空亮了起来，暗示了我下半辈子的走向。也许，四面八方都不是我的路，我的路只有向上，我要仰望举头三尺的地方。

载《北京文学》2008 年第 8 期

闲敲键盘落灯花

刚学电脑的时候苦于打字速度太慢，听人说在网上聊天是提高打字速度最有效的办法，于是就上网去聊天，那时我还没有自己的电脑，尴尬地混在网吧一群半大孩子中间，绝对祖奶奶辈，我被网络的奇妙吸引，也顾不了那么多了。

太神奇，我的话语被黑夜诞生，又被黑夜埋葬，并在我看不见的人那里复活。美国的风声雨声可以通过耳麦传到我的耳朵。雅虎通、网络电话、泡泡、QQ、MSN 我都尝试，说来也怪，我一聊天就才思敏捷，似乎潜在的才能都被激发出来了，在网上我还频频被称为才女，我的虚荣心被鼓动，更忘乎所以了，我一头扎进聊天室不能自拔，有时一聊就是大半夜。我想我中毒了，中了网毒，然而，我荒废了十余年的文学创作也在那时死灰复燃了，我又开始写作了。我也因聊天更广更深地了解了别人的生活，我后来的一篇小说就是取材于闲聊中听到的事。

那时候，我们聊家长里短，世态百象，也聊仲尼的贤明，陶朱的富有。比拼的是语言魅力，炫耀的是才华素质，玩的是深沉。那时，我的签名档是“人最需要什么？最严肃的哲学问题是什么？”还嘲笑不学哲学的人就好像看上一位小姐，结果怕麻烦就娶了小姐的用人。酸是酸了点，但那时聊天的人大都文明，文化素质也高，虽说遇到的不都是才高八斗、学富五车之人，但骚人高士还是频有露相，聊起来很开心。也是聊天中发现，江浙一带的人文化素养比较高，至今还对那里人保有敬慕之情。

网络使语言变得史无前例的重要。一次正聊着，忽然地被网络踢了出去，说什么谈话中含有“有害信息”，还列入了黑名单。我很恐惧，那时我不知道什么是黑名单，一下子就想到“文革”的政治运动。心想坏了，莫非聊天把自己聊成反革命了？心想我又没说反动话语，怎么回事？惊魂不定地接通网管电话：请问鄙人哪一句属有害信息？对方连连回答网络有问题。我松了一口气，又说：“我老人家八十有九，‘文革’历经数劫，心脏病发作你负得了责吗……”我不知道怎么就编出了这些调侃的话。对方亦是连连赔不是，我这才把悬着的心放了下来。

若是起个寻常名字，便门前冷落车马稀；若是起个漂亮的网名，就门庭若市。于是偷笑男人是直观动物。最大逆不道的是我竟然编造了老妈上网聊天的幽默小品文，为自己频频赚得稿费。

我记得一个女人的签名档写着：“放我于床前，我就是‘明月光’；置我于心口，我就是颗‘朱砂痣’”，有味，有墨水。有个男人的签名档更绝：“是真名士自流氓，唯大英雄能色狼；爱我就给我，你如花似玉的青春和血肉！”我心想流氓也还是文化流氓呢。我一直记得几个很醒目的，有古诗韵味的网名，如“布衾多年”，如“衔雨”，如“相思错”等。哪像后来，一上来就像查户口，目的明确。我认为在正常社会中，讲真话是一个道德问题，在不正常世道讲真话首先是一个勇气问题，而在网络则是一个隐私问题。有的干脆就直奔色欲性事的主题，还有动不动就问你视频吗？我说没有。又问为什么不装一个？我说等你备齐了“救心丹”我再装，我是狼外婆，怕吓着你。

后来的非典时期，外出少了，上网更频繁了，除了在网上发发稿子外，还时不时地跟各地的网友聊上几句。北京和山西的朋友让我随时知道他们那里的非典情况，美国加州的朋友让我了解了那儿的天气温暖而不潮湿，那儿的酒很有名，哦，还有樱桃。知道在美国出生的中国小孩被称作 ABC，知道那里的私立大学很贵，知道那里的万圣节孩子们会穿上每年不一样的万圣节服装，拎着南瓜灯的提篓去挨家挨户地讨糖，嘴里说着“Trick or treat”。一位日本的华人朋友还常告诉我一些报上的新闻。那些平时不太注意的国家和地区，例如埃及、波多黎各、贝宁、伊斯坦布尔等地的朋友，会促使我去查找地图。看看他们到底在什么地方。还有一位朋友前几年和丈夫一同去的加拿大，可是到了加拿大她不敢承认自己的博士学位，害怕人家会误会她想要高工资，尽管这样，她也只在一家小公司工作过一年多就失业了，至今已两年找不到工作，还遭遇了丈夫的移情别恋，她痛苦万分。这让我了解到西方的发达国家确实不是人间天堂。我对一位美籍华人谈起我小时候生病一个人在医院，因为父亲下农村支左……他就问：“支左是什么？有支右的吗？”我哈哈大笑。我说我们单位“学雷锋歌唱晚会”的歌词是我写的，他就问：“雷锋是歌星吗？”当他听了我的解释就感叹：还有这么好的人呀！

再后来我学英语，我没有请英语老师，只是工作之余去一些英语网站，我可以在网上与外国人简单交流了，我对美国人说：Good luck, peace and love. 我对埃及的朋友说 Egypt is nice, 他也说 China is nice，too. 两年后我考过 PETS 一级。一位韩国的家庭妇女也在网上自学汉语，常常要求跟我对话。网络使我这孤陋寡闻之人可坐井观天了，我与这个世界联系得更紧了。

当然，也有网痞、垃圾类人，但不像现在这么多又这么烂。有时也遭遇性骚扰，就飞快地打一段话过去：“告诉你，我是性学专家，平时工作忙，此时上网休闲一会儿，别拿我的专业来烦我！”或者打个“痴人说梦”过去，要不干脆“废了”此人，将他遮蔽。谁若出言不逊便格删勿论，拖进黑名单没商量。就像渔夫再把瓶子盖上，把魔鬼送进大海。绝不与“下流之徒”同流合污。

现在的我早已不聊天了，没有时间更没有兴趣，那天忽然想上去看看，一看吓一跳，一个50岁的竟起了个“为你变乖”的名字，让人起鸡皮疙瘩呀！还有一个40多岁的女人叫“小甜甜”。还有一个“明天回更好”我看不出“回”这个错别字有什么特别的蕴意，不同于那些刻意写错字的广告，所以只能当作文盲。于是想，才智平庸之辈就老老实实叫个张三、李四还更好。只剩一个还有点意思：“射狼”，可打开个性签名档，传达的全是淫乱的信息：“E夜战场，谁与争锋？”明白了，那“射狼”既“色狼”,“E夜战场”也就是一夜情的意思，真不知一个靠着“盖中盖”与“牛鞭”支撑着的男人有什么好炫耀的。

前几天停电，电视、风扇、空调、冰箱、电脑全瘫痪了，人就在热气、闷气、燥气里煎熬着。还听说一个卧床的老人硬是没有挺过那一天。于是想，要惩罚一个现代人最好的办法莫过于把他放到一个没有电的环境里禁闭起来。我这人耐温，年轻时就有“吐奈温将军”的别号。可那天我正等一重要邮件，于是便像热锅上的蚂蚁。也再次想到互联网的重要。不知道如今还有多少人没有被互联网网了去，对有些人来说，网络形同阳光、空气、食粮般重要，同样是活着的所赖。对于网瘾太深的人来说，网络就像没有四壁的监狱，那是最没有自由的囚禁。

载《生活创造》2014年第9期

神秘而沉重的文字使命

常有人唐突地问我：你儿子叫什么名字。他们想听听平日里舞弄点文墨的人会给孩子起个什么名字。看来名字不仅关乎本人，还能体现出父母的文化涵养。每当这时，我便无奈地告诉人家，我儿子的名字俗得像老舍笔下的骆驼祥子。人家问谁起的，我又会愤愤然地说是巴金笔下的高老太爷，弄得人家丈二和尚摸不着头脑。我说的高老太爷就是我丈夫的爷爷。我的孩子还没出生，名字就按等级森严的家谱排行给起好了。连给自已的孩子起名的权利都没有，想想这辈子只生一个孩子，再也没有起名这样的机会了，心里不甘。

天生我才必有用，天终降大任与斯人也。小弟的儿子降生，起名“于点”。弟媳不满意，觉得“点”字太小器量了。于是他们特地打来电话让我给起个名字，只说了当时下着雨。受宠若惊的我，人模狗样地搬来字典、诗经、诸子百家等，细细研究，不敢怠慢。古人云：“赐子千金，不如教子一艺；教子一艺，不如赐子好名。”古人起名是颇有讲究，不但要按族谱辈分来排，还讲究像数学、干支、五行、三才、音韵、笔画、命理等，传承糟粕泥沙俱下。然而现代人也不是一点讲究都没有了，只是更注重其新颖、个性、意境和不落俗套，这其实更难。

很多伟人的名字被用为地名，以资纪念，例如孙中山先生的出生地被改为中山市，还有中山一路、中山二路、中山三路，一直到中山八路。很多城市有中山路，中山公园，都是纪念孙中山先生的。陕西志丹县，也是作为纪念以刘志丹烈士之名命名的。北京、天津、上海、武汉都有张自忠路，也是因着纪念著名抗日将领、民族英雄张自忠。然而，我们生活中的俗人很多是以地名来命名的，这是最简单的起名法，免得想破脑壳。我们家三姐弟就是这样的，都跟地理位置有关系。不过，以地名来起名也有麻烦，我原来叫烟青，就是烟台和青岛的意思，我祖籍烟台，在青岛出生，后来我姥姥觉得女孩子叫个“烟”字不太好听，才改成“燕青”，我大弟弟原名“福青”就是因为他生在青岛又到了福建，我小弟在福建龙岩出生，名字里就有一个“岩”字。我大弟读幼儿园时名字被改掉了，小伙伴们每天“福青福青”地叫，孩子发音本来就不准，听起来像叫“父亲”，幼儿园阿姨就跟我母亲抱怨:“这可怎么得了？全幼儿园的小朋友每天都叫你儿子‘父亲’。”于是大弟的名字也被改了。

这样诚恐诚惶地折腾了一个晚上，写了满满三大张纸，也没弄出个名堂。真觉出起名难，这么想着就又想起一些应避免的前车之鉴，如一位老职工名“区贡”姓洪。想来他父母给他起名时，金庸老先生还未写书吧，自然也不知道“洪七公”了，可我的那位女友就不应该了，她姓胡，偏偏名丽君。于是大家总叫她“狐狸精”。还有一熟人甫振昌，因此有绰号“不正常”。姓王的，偏要叫“王玲”听上去像“亡灵”。就连才高八斗的章太炎在这方面也犯忌，他给三个女儿起名时，为炫耀自己的才学，从浩如烟海的古籍中找了三个生僻至极的、就连当时的学界名流也叫不出的字，分别给三个女儿起名。结果三个女儿到了婚配年龄无人提亲。后来章太炎不得不宴请亲朋故旧，专门讲解那三个字，才把女儿嫁了出去。

这么想着又想起因名字而得福的人，唐玄宗李隆基登基那年殿试，笃信道教的李隆基亲自选定的状元叫常无名。只因应了《道德经》里的

“道可道，非常道。名可名，非常名。”便觉得“常无名”这名字充满玄机。乾隆五十四年，年近八旬的乾隆皇帝年翻阅殿试卷时，一眼看中了“胡长龄”这名，心里嘀咕：胡人乃长龄耶？满人是被汉族称为胡人的，胡长龄就这样被写到了榜首上。明代嘉靖年间的一次殿试更是荒唐，皇帝朱厚熜夜做一梦，西北方响雷，说是状元将出西北方。阅卷官们不敢怠慢，侥幸于数百份试卷中找出一个叫“秦鸣雷”的，秦地又正在西北，名姓皆合了圣上之梦，龙颜大悦。于是，这个秦鸣雷做梦也没想到他从第三百名一跃，位居榜首。

我有过给自己起名的经历，那自然是笔名。因自己没多少文化，只有一丁点药学知识，又俗得很。正应了钱钟书《读伊索寓言》蝙蝠的故事：蝙蝠遇见鸟就充作鸟，碰见兽就充作兽。人比蝙蝠就聪明多了。他会把蝙蝠的方法反过来施用，在鸟类里偏要充兽，表示脚踏实地；在兽里偏要充鸟，表示高超出世。所以我就想为自己起个药名为笔名。厚厚的《中药学》翻来翻去，也没找到满意的，一日见一画界高徒的笔名：“何首巫”由“何首乌”改动一字，而韵味深刻，不禁拍掌叫绝。最后还是原汁原味地用一中药名“威灵仙”为笔名。此药有祛风湿、通经络，止痹痛，治骨鲠的功效。尤其是用于诸骨鲠咽，是为特效。每每下文不正是如骨鲠在咽、不吐不快吗？且渴盼有如椽大笔，蕴威力灵气写滔天鸿文。一个“仙”字，但愿下笔如有神。还起过两个几乎没用过的笔名，也都是药名，一个是金银花，另一个是红粉。一次编辑问：“红粉？咋起这么俗的名字？”我知道他指的是“红粉佳人”一说。我说是呀，这年头早就有红粉无佳人了，我取意在于“红粉”是28种毒性中药材的一种，这是一个瘾君子的时代，若文字也能让人上瘾，岂不是为文者的大幸？

有些文化人的名字确实很耐人寻味的，甚至能洞明世事，比如林语堂为次女起名“林太乙”应该是取之“太乙真人”的意思吧？太乙真人为《封神演义》里的人物，也是《群仙破门》中的人物，是天道圣人元始天尊的第五位弟子，昆仑十二金仙之一。也许林语堂与这些乱七八糟的神话没有关系，只是取其“真人”的意思，但对于一个基督徒来说，这样取名确实很不妥。对林语堂没有研究，只是猜想，如果真是这样，那就印证了他为什么得不到陈锦端的缘由，虽然很多人说是因为陈锦端的父亲陈天恩嫌弃林语堂家贫，我更偏向于陈天恩因其信仰不坚定的原因。因为在一个虔诚的基督徒眼里，信仰不清楚是一件可怕的事情。从林语堂起名来看，林语堂早年的基督信仰确实不好，虔诚的基督徒很多都会从《圣经》里取名，比如著名散文家朱以撒，就是因其父辈的信仰，取“以撒”这个名字，或者一种隐喻，比如“天恩”这个名字。这种直截了当地从《圣经》里摘取一个上帝喜悦之人的名字，省去很多想破脑壳的煎熬也是一种聪明，难怪外国那么多人叫“彼得”叫“保罗”的，但是否有重名的烦恼？就像我们国家有那么多人叫“国庆”，“文革”时有那么多人叫“建军”叫“爱民”，课堂上提问时必须连名带姓一大串拎起来。我庆幸的名字很少有撞名的，水浒里有一个燕青，似乎专为我的名字做解释：“就是水浒传里浪子燕青那两个字”可是近年说不通了，据此也可看出当代人的不阅读是多么可怕，连传统文化都要丢了。

名字真是有趣，有个作家叫哈雷，取之哈雷彗星的吧？有个女孩叫骆羽桐，“羽”为羽毛，代表凤凰，“桐”意为落凤凰的梧桐，寓意也很深刻。然而我当初是非常崇拜“太乙真人”这个名字，于是从甲戊乙己，天干地支四柱这些让我打哈欠的《古代起名研究学》查得，与太乙真人并列的另一位叫天乙贵人；所以“天乙”也用来参考命名，总之在这些贤人学士的大名启发下，反复酝酿、过五关斩六将，进入决赛的是：于天乙、于哈雷、于是。但最后还是觉得不满意，便又到网上去征名。

于是乎，不到半天时间就大丰收，什么于得水、于化龙、于霖、于人等，应接不暇。看了都不满意，而且于霖、于人还与鱼鳞、愚人谐音，是绝对应该回避的。这样殚精竭虑地兜了一圈，感觉还是“于点”好。与雨点谐音，有诗意。和小弟弟媳探讨后，皆大欢喜，一锤定音。一个轻描淡写的“点”字，多少的随意与洒脱，那不带一点修饰的纯净，如生命的大彻大悟。没有那些意境高深、志向宏大的望子成龙式的名字，显得压抑与沉重。点字虽小，不成气候。但小弟说：“我们也不渴望他将来要有多大的作为，只希望他能平平安安。点字虽小，那滴水穿石的点滴也是很伟大的力量。”

正在庆幸当年省去了给儿子起名的烦忧，已在外地读书的儿子忽然嫌弃起自己的名字不好听，要我给他改个名字，哭笑不得。

想来，起名确非易事。姓是无法改变的，与生俱来，但名字可以选择，这种选择的自由却又太沉重，本来就那么两个在广大汉语里极普通的一两个字，一段进入人名，这一两个文字成了一个人生命中特殊的文字，就被赋予太多的使命，太大的期望，变得神秘而沉重。一个名字，跟随终身，还要包含承命托运的愿望，这样神圣的文字使命，责任何其大也，怎能不令人惶恐？

载《阳光》2008 年第 3 期女作家专号

欲望之杯

1

在这21世纪里的一天，我应经营保健品的朋友之邀去讲课，讲解妇女生理保健知识。一路上我想我该怎样讲得生动，就想起“子宫如梨”这句话。是的，子宫就像一个倒置的梨。那么怎么来形容乳房呢？“一双明月贴胸前”还是“拥雪成峰”？还是用“杯”这个后现代的词吧。走进内衣店，营业员总是这样问：“穿A杯的还是B杯的？”它们被金属丝固定得那么有力，像两只精致美丽的酒杯，盛满了世俗快乐。那厚厚的衬垫似乎就是当下女人生活、工作坚挺的底座，哪怕不怎么丰满的女人穿上它，立刻粉肥雪重起来。难怪那么多时髦女人都有着局部的波特罗式夸张。这是一个丰乳肥臀的时代。

讲完课后，朋友送了我一盒价值不菲的保健品，其中有两支丰乳作用的精油。说明书上说，精油是从植物中提取的精华，能促进女性胸部细胞丰满，改善胸部血液循环……我看着两支“植物精油”仿佛嗅到兰花香，那长眠了的花魂已孵出飞翼……

军营里大礼堂前的空坪上有两棵粗大的玉兰树，开花时节，我总是仰头看着，花树上空的天特别蓝，硕大的玉兰花总让我疑是天上落下来的云朵。捧在手里的花儿，白瓷一样细腻，白玉一般晶莹，香气特别浓郁，乘着风四处游荡。于是，我们的快乐也四处游荡，没了边际。那是个没有香水的年代，当地上了年纪的女人把它插在发髻上，那青丝鬓发全是香的了。我们用带钩的竹竿把玉兰花钩了下来，包进手帕里，装入口袋，时不时地拿出来闻闻。直至花朵枯萎，那香气还在，真是香帕。军营里的女孩子们的手帕里似乎都包藏过玉兰花。落英时节，花瓣飘下来，如一只只轻灵的白蝴蝶，粉洁的羽翼舞动着前世华诞的盛装。那尖锐的芳香凛冽地穿过我的身子，满满当当地壅塞着我的肺腑，让一段生命暗香浮动。我们和大自然是这样的息息相通的。

H带来一条消息：闻了玉兰花香会长大奶子的。这在女孩子中间成了互相警戒的话。我似乎找到了让我羞耻的罪魁祸首，丰乳肥臀在那个年代是个令人恐惧的词，是肮脏、羞耻和淫秽的代名词。谁发育得特别丰满就要被我们鄙视。我们再不敢把这花儿包进手帕，再不敢闻那花香了。总是小心谨慎地屏息走过一地花瓣，生怕吸进一丝花香。与大自然相通的脉络被切断了，那花儿也就兀自开落，一地夭夭灼灼的白，像雪。在我们身体发育的时候，遇上一个压抑人性、漠视人身体的时代。

2

上初中后，我们班上来了个大我们几岁的女孩，她丰腴的身材让我们吃惊，上体育课时，她胸前的那团肉晃来晃去，成了我们揶揄的对象，我们暗地里叫她“妇女”，在我们的意识里，妇女就是丰乳肥臀的代名词，是遭唾弃的。我们常常在自习课，在只有我们几个女同学的课堂上拿她嬉戏，在黑板上画上丰乳肥臀的女人，再把她的名字写上去，还要后缀“妇女”两字。不知是否传到她的耳朵，总之她初中还未毕业就嫁了。据说是她母亲逼她嫁的，说是因为她的身体太成熟了。我们是否无意中也成了逼嫁的帮凶？加上那时婚嫁之事在我们眼里就是羞耻和淫秽的，我们并无一丝一毫的歉疚。为了防止丰乳，女友H和我穿紧身的小背心，风吹过，依然要驼背含胸护住刚刚发育成胚的乳房。后来H真的成了板结的盐碱地。

所有能引起丰乳肥臀的都被我们列入禁忌，严加预防。那时候我们女孩子爱跳舞，我们听说练劈腿功容易肥臀，每次练功完毕，我们必要背靠墙站立片刻，以防止肥臀的发生。

有一对高年级的男女同学在宿舍后墙的夹道上相拥，不幸被发现。也就是今天所说的早恋，那个年代也有的，那时的人也并不太傻，只是没几人敢违反天条罢了。这一对同学被当成了流氓、资产阶级腐化堕落分子，那可是一顶大得吓人的帽子，足以彻底摧毁他们的前途。可想而知，他们从精神到肉体都受到了摧残。他们为挑战社会的正统体制和既定原则付出了身心的代价。那时谁也不敢轻易分泌荷尔蒙，性的冲动被压抑。不像现今连伟哥都已疲软。不信就看胡同、里巷、窄墙、电线杆上那些专治各色性病，外加阳痿、早泄的私隐广告。

我们上学的路上要穿过一片农田，男人们在田里干活时，总是肆无忌惮地拿女人的话题解乏，我们从那里路过，男人们就故意提高嗓门，他们把村上女人的乳房归了类，按女人乳房的形状分为包子奶、宝塔奶、布袋奶、壁奶，等等。他们还说包子奶和宝塔奶是形状最美的，布袋奶和壁奶是不美的，布袋奶是下垂如布袋的那种，壁奶是扁平如墙壁的。还说，女人结婚前的乳房像金子，结了婚就变成银的，生完孩子就成土的了。听得我们脸红心跳，低声骂他们大流氓，但也觉得新鲜，原来女人的乳房也有这么多的讲究，那也是第一次知道小的乳房是不美的。

不管是金的，银的，还是土的，它们是娇贵的，它们是会生病的。

上山下乡的时候，那儿有个名老中医，尤精于中医妇科。方圆几十里的女人们慕名而来。有一种常见的乳房病，叫“乳腺小叶增生”，按中医理论的辨证施治，是因为肝气郁结，冲任二脉失调所致。需服用疏肝解郁，活血化瘀的中药。当时我们不能明白怎么那么多大姑娘小媳妇都来看这病。那老中医每每写了药方子后，还要嘱咐那些女人，心胸要放开些，不要生气……看来，贫困和生活的不如意，也是能导致乳房生病的。女人的情绪和乳房也是这般的息息相关，每个女人都必须善待它们。

3

多年后，能与H邂逅在这样一个小城，也需要足够的缘分。“换大杯！”H举着酒瓶对我说。于是，我们干杯时就有了一种疯狂。H干瘪的躯体藏在不菲的名牌服装下，显得空空荡荡。名牌服装遮掩着多年的盐碱地。H说这就是她有钱的老公抛下她的缘故，她说老公的新欢是“大波霸”，她啧啧地说着……再见到H时，我差不多认不出她了。她的盐碱地，她自嘲如飞机场的前胸不自然地耸了起来，如一对疯狂的高脚杯。原来她也大无畏地动了刀子，借助于现代高科技，做了乳房硅胶填充。我想起一位雕塑家的雕塑作品，全是猪头与有着巨乳的人身。其中一个猪女人正用一支针管为自己丰乳，与注射毒品同样的恐惧。现如今很多女人的身体不仅仅只是血肉的，已经发生了质变，不再是“香雪海”，而是海绵、硅胶。据说，如今澡堂里的搓澡工对于大波霸们总是小心翼翼，她们弄不清哪个是货真价实，哪个是硅胶搭建的，害怕一用力会把硅胶弄坏，搓澡工赔不起。看来女人的身体已是一场颠覆性的革命，我想起狄更斯的话“这是一个最好的时期，也是最坏的时期；这是智慧的时代，也是愚蠢的时代；这是信任的时代，也是怀疑的时代……我们一齐奔向天堂，我们全都走向另一个方向”。

再后来，一直没见到H，不知她肉体的改变是否带来命运的改变。

载《厦门文学》2009年第3期

虚构与非虚构之痛

1

“人不能两次踏进同一条河流”，可我的腿似乎多次踏进同一条河流，这已是第四次腿部损伤了，除了第一次运动损伤，后面的三次损伤皆为滑倒所致。

第二次，一辆装载“水玻璃”化学剂的车发生泄漏，致使多辆摩托车滑倒，我也是不幸者之一。“水玻璃”不言而喻，像玻璃一样滑的水。

第三次，雨天傍晚，一小摊隐在台阶下的漆墙涂料，将我重重地滑倒在地。

第四次，是自家地板上一摊水惹的祸。

这让我想起果戈理《外套》中对那个令人心酸的小人物阿卡基耶维奇的一段描写：“……他还有一种特别的本领，每次走在街上，正当别人从窗口扔下乱七八糟的东西时，他就恰好赶上，于是他的帽子总有西瓜和香瓜皮之类的污秽之物点缀其上。”看来我也有一种特别的本领，就是，哪里有能滑倒人的东西，我就奔向哪里。那些能滑倒人的东西像是专门等待我的到来。滑倒，这个动作的惯性是一种很猛的力，加重摔伤。“滑倒”二字在我命运字典里被涂上了最凶险的颜色。

2

因了这一次次的重复之劫，我的生命也变得谲诡。于是，常有人这样问我：“怎么又摔倒了？怎么搞的？”这话分明指向一个悬而未解的超科学困惑。他们即便不这样问，我也会自问。不是我搞的，我也不想这样搞。我若有答案我愿意像祥林嫂那样一遍遍地回答他们，可我没有答案。

有人怀疑我的骨头出了问题。朋友建英就这样认为的。可我知道我的骨头没问题，不知为什么，我就是很坚定地这样认为。前年，也就是第三次，那左腿摔得厉害，肿得像一个大木棍，骨头却丝毫未损，只把肉摔烂了，后来伤口感染发炎，久溃不愈，又有人怀疑我是糖尿病，有个医生说是“丹毒”，后来又有个医生怀疑那块糜烂的肉转恶性了。可都不是。在医生面前你最好什么都不是。至于右腿的膝关节，那样的意外，即使身健如运动员也无可奈何的。后来我的想法在一位德高望重的骨科专家那里得到了证实。是建英问的，那医生一口否认我的骨头有问题，态度很坚定。但问题就更显得吊诡。我记录下这些生命里的诡秘与疼痛，不知它们会将我带向何处。

3

日子一天天过去，步履依然艰难，但感觉有好转，心里还是高兴的。我扶着楼梯下楼去，我以为养了一个多月可以去买菜了，没想，我一脚高一脚低就像踏在波浪上，这时才知道家里的地板有多平。刚走出小区大门口，我就知道不行了，接下来便是满心的绝望。

我甚至不能将这些感觉描述出来。那种拘痉的滞重的火辣辣的痛向后腿窝反射，那不像痛、麻或是涨，又好像都是，那酸好像也不是酸，像是骨头将要被折断的一刹那，踏空蹈虚的惊骇感，让我的腿找不到支点，这感觉真是可怕。迈步像棍子，落地像面条，打软腿的，伸不直站不稳，仿佛腿的两节是脱离的，底下的支撑不住上面的，关节里面的零件像是散了，那关节里的脆响隐含着一种空，好像被折断了的干树枝。那是死亡的声音。

说了这么多也依然是说不清道不明，感觉永远超过语言。尤其是面对医生的询问，我特别无助，我的语言不能抵达我感觉的那个世界，我说出的话都像是虚构的。我想起约翰·班维尔写的那段话："那些日子里，疾病是一片特殊的领域，一块没有人可以进得去的隔离带，带着颤抖的听诊器的医生不行，甚至妈妈把她冰凉的手放在我发烫的额头上也不行。那块领域就像我现在感觉到自己所处的环境一样，远离所有地方，远离所有人。"

我想起我曾央求一水果店服务员帮我买大饼的事，她拒绝了，并不解地看了我一眼。因为大饼摊只与我相隔三四步远，那一眼实实在在地告诉我，你休想让一个双腿健康的人，一个和你不同病的人能理解你。我根本不相信这世上会有一个和我同病的人，就像世上没有两片相同的树叶，即使有，也难得此刻正好在这菜市，正等着与我相遇，所以最后我还是没有买成我需要的大饼。我还想起那次做核磁共振，那个叫号的护士抹搭了一下眼皮嘟囔了一句，我立马就知道她的意思。有时对一个病人说话，不需要字正腔圆，有时只一个眼神就已明了。身体疼痛的人最知道身体的语言。

4

病势的绵长就足以让人发疯，我看不到希望。更糟的是这样的反复，这时好时坏的反复也是致命的打击，我甚至都准备办康复庆祝会了，计划已经列出，还要露几手炒几个菜，请客的名单都列好了。还计划去很多地方，去拜访朋友，可最后都落空。后来才知道，我的康复还远着呢。

那感觉像猫戏老鼠，我是那战战兢兢的老鼠，却不知那只猫躲在哪里。因为时好时坏，那“好”就显得没有意义了。好的时候就像在砌一堵墙，好不容易一砖一瓦垒起来，以为可以遮挡风雨，不想又被摧毁了，于是又砌了一堵更坚固的墙，以为这下可以了，还是被摧毁了。那恐惧霹雳而至，我哭呀哭，我擦干眼泪，又砌起了一堵更坚固更美观的墙，看见的人都说，你砌的墙越来越好了。可是又被摧毁了。这样的反复有几十次之久，每一次都以为是坚固的了，这就是我的康复过程。更何况，那“好”其实也并不是真的好，只是相对那“坏”而言的。我还可以再打个比喻，那“好”就像被关在牢里的光景，勉强可度日。那“坏”就像从牢房里被拖去行刑，生不如死呀。那“好”是灰色的，是艰难悲苦的；那“坏”是黑色的，是世界的末日。“好”的时候，我充满希望，还会在网上发帖子，在电话里通知家人与朋友说我腿好了。可每次都被“坏”给摧毁了，使得我每一次的“好”都像在撒谎。当然没有人谴责我的撒谎，一定有人以为我精神出问题了吧。

5

在我极其痛苦的时候，在我觉得熬不住了的时候，我给朋友 Z 打电话，可她简单且带些责怪地说“你要学会面对！”没有一点安慰，那话里透着风，能穿透我的骨缝。“学会面对！”一个健康的人说起来多么轻松呀，这不是鼓励不是安慰。一个健康的人用这样的口吻对一个在病中煎熬的人说这样的话，实在有点残忍了。有些病与坚强无关。这世上很多东西人很难面对，否则重刑之下就没有叛徒了，没有屈打成招了。病体之痛，那是连做叛徒的机会都没有，用什么可以赎你的病？正因为难以面对，才呻吟，才痛苦。还有人以为我是小题大做，甚至有人说我是文人好胡思乱想。好像我的病不是病只是庸人自扰。说这话的人眼里闪着善意的嘲笑。

我万万没想不到，在后来的日子，在我渐渐康复起来的时候，Z 忽然遭遇车祸，腿和肋骨都断了，一直卧床，我去看望过她几次，我以为她能坚强地面对了，毕竟她的条件比我好。有一天我忽然接到她的电话，第一句话就是：“无法面对！我无法面对呀！”我心里一凛，我想她是忘记了她当初的话，忘记了在我极其痛苦时想得到她的安慰。我在电话里先安慰了她几句，立马打车去了她那里。

6

一位《健康报》的编辑很关心地打来电话，她听说我是腿病，就说不严重没关系，她说只要不是脑袋的病，都是小病。天，照这逻辑，史铁生的瘫痪，尿毒症都是小病了？我曾对人说，因为生病憔悴而不喜欢见生人……那个年已 40 的人居然好奇地问："腿伤会影响容貌吗？"我哭笑不得，不知该怎么回答他，只说，你太幸福了，一定没有经历过大病或久病。他说是的。看来，人对世界的认知在经历不在年龄。我现在甚至可以从一些人的文章里看出这人有没有生过病（久病、大病的病）。这也是我在这期间学到的一门功课。我在一个人的博客里看到他去探访病人后写下的文字："...... 走出病房，享受阳光，忘记病痛的人，不羁绊世事的人，才是懂人生的人！……一颗多彩的心，一张青春的脸，为什么可以因为自己个人的病痛而拒绝和自己所爱的时代跳一支舞呢？"看看这健康人的话吧，说得多么轻巧呀？好像谁愿意留在病房，那病痛时刻在折磨着你，能忘记吗？还多彩的心？还跳舞？根本就不是那么回事。人总是情不自禁地犯自以为是的错误。有人说我面对疾病太软弱，是的，我不是一个坚强的人，我不知道说的人是否真的比我坚强，但我知道他没有经历我的遭遇。一个没有亲身体验的人，看别人的疼痛是抽象的；一个没有亲身体验的人，想象别人的痛苦就是虚构的。待自己临到了才知道怎么回事。

7

一位看过李兰妮的书的读者很震惊，说他原来对抑郁症是无知的，他原来一直把抑郁症看成心理疾患，等同于精神病。当他读到"大脑化学物质 5- 羟色胺严重失衡"这样的文字时感到了汗颜。其实整个社会对于抑郁症的认识，都还处在一个蒙昧时期，所以很多人无法理解那些体面的、光鲜的人怎么说自杀就自杀了。有些病，有些疼是显性的，一目了然的，却不知还有一些病，一些疼是人的眼睛看不见的。有些病人不仅是痛苦的，也是孤独的。我们有尊老爱幼的好风尚，却没有多少人真正关心病人。

李兰妮说抑郁症比癌症更恐怖时，我也很震惊，癌症已经是非常恐怖的了，说抑郁症比癌症更恐怖，这是我之前不了解的。李兰妮写道："我看到头在一旁飘浮，四肢像被斩首的青蛙发蔫，身子是空的，脑浆——鲜血——额头那一块皮——两个眼珠子……浮在空中飘，各飘各的。过去我看不懂毕加索的画，现在我就是毕加索的一幅画。"原来抑郁症能看到自己被肢解的影像？多么可怕，而最可怕的是，对于抑郁症患者，死，竟然是一种诱惑。李兰妮说："每次我用过水果刀之后，不管那刀套搁得多么远，我都要找到它套好。若是晚上太晚找不着刀套，我会用一本厚书压住刀身。我会特别注意那锋利的刀尖。尤其是我一人独自在屋时，我总会意识到那刀尖的存在。即使我背过身去，或者去了另一间房，我的心思仍在刀锋上。我会一遍又一遍地，忍不住地想象着刀尖慢慢切开皮肤以及血管时的画面。原来我深受诱惑。"我原只知道金钱、名利、美色才是诱惑，不知道这让人惧怕的"死"，这血淋淋的恐怖竟然也会成为诱惑。原以为自杀者是因为痛苦才让他们豁出去了，以为是大义凛然的。我是多么无知呀，我这个执业药师同样是病盲。

李兰妮的《旷野无人》一书中有很多篇幅是记叙她的噩梦，多是有关自杀、死亡、鬼魔的。死亡的诱惑已深入她的梦，他梦见医生诱惑她去死："就是这几天了。你不是准备好了吗？不痛的，我们会给你很好的止痛药……"她说："从 4 月 2 日到 12 日，我所做的每一个梦都与死亡相纠缠。一种来自阴间的神秘力量在施展迷心大法，试图吸扯我跟它走。"看得我头皮发麻。李兰妮，她哪里是在跟疾病做斗争，她分明是在跟魔鬼、跟死亡的权势做斗争。北方民间流传的鬼故事里有"鬼找替身之说"，说有自缢而死的鬼魂会幻化成一面窗子，引诱人去看窗外美景，当人看得出神，吊死鬼便收紧绳套，那个人就一命呜呼了。倘若世上真有鬼，我相信所有的贪官都是被鬼引诱的人。你想，那都是些多聪明的人，当他们受贿来的钱三辈子也花不完的时候，他们难道不知道该停止贪婪的脚步了？我想那是贪婪的魔鬼辖制了他们，他们失去了自由，任凭魔鬼的摆布。魔鬼是用着各样的好处来把人引向地狱的。人，已经被魔鬼杀过一次，早在伊甸园就受他引诱，吃下禁果，死亡就临到了。

李兰妮说：“服药后头七天比化疗还难挨。早上吃完药，就趴在沙发上，腹部顶两个靠枕止痛。一会儿跪在沙发上抱着脸盆干呕，一会儿脚勾沙发背头抵地，头往木板上磕，想把大脑磕得没知觉。有时候站也不是坐也不行，躺也不对，一分钟都安静不下来。眼巴巴看着墙上的钟，一分钟一分钟数时间……有些自杀的抑郁症病人也是吃过药的，但他们忍受不了药的副作用不得不停止服药。能不能昏过去？能昏死过去就好了……”我忽然想起那个已经自杀的抑郁症朋友。我这才知道我是多么的不理解她呀。当初听过她家人说，她不吃药，总是骗过家人，偷偷地扔掉。我问为什么，家人说那药吃了难受。我就以为是比较苦涩的药，或者像很多药品说明书上写的，无非也就是有点恶心之类的。当时心里就想朋友怎么这样任性，怎么可以这样不懂事，这样不配合医生和家人。不曾想我是多么的无知呀。当她看我影集时，不经我同意硬是抢走一张别人送我的照片时，我依然没有想到那是病，因为她原来就有一点小跋扈。得知她是病，精神病，我很惊讶。我去看她，买些衣物送她，她很高兴。可她发病厉害的时候，就谁都不认识了。那时，大多朋友都远离了她。当一个人长久不能给别人愉快感和用处，就注定要被疏离。

后来她打电话让我给她买一瓶安眠药，我心里还是有些生气的，因为我认为那个时候的她是清醒的，只以为她为了失眠症不想去医院开药，是怕麻烦，想她还是不懂事，虽说我在医药公司工作，可那安眠药属精神药品，特殊管理的，不是想买多少就买多少的。即使有处方权的医生，每次开多少药量也是有严格规定的。那时我不知道她买安眠药是为了自杀，我们对这样司空见惯的病尚且不了解，冷漠，有时也来自无知。

李兰妮说："我认为，没有人能清楚表达那些感觉。没有一个重度抑郁病人能够准确说出他所受的是怎样的折磨。神经系统本能地拒绝表述。能说出来的，都不是最深层的，也不是最恐怖的，更不是原始无伪的。因为，它们无法表达。常有人问我：抑郁症有多难受？我找不到词语回答。"

8

劝说总是容易的，轻省的，难怪约伯要责怪他的三个朋友。约伯有那样三个朋友已经让人羡慕了，《约伯记》里说："……各人从本处约会同来，为他悲伤，安慰他……他们同他七天七夜坐在地上……"可是他们劝慰约伯的话反让约伯烦躁，他们就又责怪他的烦躁，责怪他平素用语言教导许多人，也坚固软弱的人，扶助跌倒的人可是现在祸患临到他自己，却是迷糊的惊慌的。约伯对他的朋友说，因我所惧怕的临到我，我的力气不是石头，肉身不是铜做的。你们这样的话我听多了，你们安慰人，反叫人愁烦。你们若处在我的境遇，我也能说你们那样的话。

我后来对一个人说出我的这段经历，她马上说她很能体会，因为她摔过九次。我说我一难受就不想活了，我话还没说完，她已经泪流满面了。只有相同相似经历的人才能体会你，否则，都是虚构的。

海伦·凯勒，这样一个又盲又哑又聋的人最终能成为一个了不起的人，和她的老师沙利文不无关系。我一直觉得这件事不可思议，好像沙利文天生就是为了做海伦的老师，她先是经历了双目失明的痛苦，又到了柏金斯盲人学校学习，后来在一位医生的帮助下，奇迹般地恢复了视力，再后来自然是去担当了海伦的家庭教师。这经历很重要，同样的经历使她深知盲人求学中所面临的一切。我想，海伦·凯勒的老师倘若不是沙利文，而是一个没有同样经历的人，即使再如何的博学也未必能使海伦·凯勒成为一个杰出的人。

9

我自己亦是不能理解别人的痛苦，在我承受着肉体的折磨，就说肉体之痛大过精神之痛，是真正的痛苦。可是，若照我这么说，那么，阿赫玛托娃的痛苦就不是痛苦了？当她在大雪天等待探监，她的痛苦一定比那冰天雪地还要严峻，比那蜿蜒的队列还要冗长，比她那正在服苦刑役的儿子身上的锁链还要沉重坚硬。其实读到这一段的时候，我的心都要碎了。

人真是孤独的，各人有各人的痛苦，要真正理解别人的痛苦是多么的难。2008 年 5·12 大地震，我写下了几首诗，其中有一首别人看了说好，我自己也以为好，以为我是设身处地地体会了那种痛，诗的题目叫《想象》:“那一刻，一生的重量 / 把我打入逼仄的瓦砾下 / 时间的黑幔将我紧裹 / 恐惧没了疆域 / 没有食品和饮水 / 热气，寒流轮番袭击 /

尘土锁住了我的眼耳鼻嘴/水泥楼板锁住了我的身子/绝望锁住了我的梦/伤口在滴血/手脚疼到麻木/夹缝里，一瓶矿泉水咫尺天涯/是我此生最大的诱惑/我不能，不能/不能再想象下去了”。

当我后来读到李西闽寄来的《幸存者》一书，读他被埋的那一瞬间：“我企图躲到立柜的下面。可是我还没有靠近立柜，就被一股强大的力量推了出去，摔倒在地上。紧接着我就感觉到楼轰隆隆地坍塌了，许多东西压下来。我的身体侧躺着被压在了废墟里。一块木板立起来，竖在我的胸前，还有一块木板倒在我胸前竖起的木板上面，这样形成了一个直角三角形，我的头就被夹在这个直角三角形的锐角上，动弹不得。我的左侧太阳穴旁边被一块铁质的东西顶住，朝上的锋面插进了我左脸的皮肉里，左侧的腰部也感觉有一片锋利的东西插了进去。肋间也横着一条坚硬的东西，后来才知道那是一条钢筋，勒进了皮肉里。瞬间，我陷入一个黑暗的世界，脑子里混乱成一片，我想我是在做梦吧，可是我是那么的疼，左边的眼睛被温热的血模糊住了，不停地有血流进眼睛，又流出去。我被这突如其来的变故惊呆了……我是不是在另外一个世界里？那个世界叫地狱。我什么也看不见，冰凉的液体在我的左眼流进流出，那不是泪，应该是血。人死了还会感觉到自己流血吗？还会听到轰响吗？黑暗让我无法证明自己还活着。我的思维难道是鬼魂的思维？如果鬼魂也还有想法的话。黑暗让我恐惧。”看完这些片段，才知道我的《想象》是多么幼稚，我的《想象》就只是想象而已，连真实的皮毛也没有触及。

我忽然知道我为什么那么喜欢德国诗人恩岑斯贝格写给儿子的一段话：“我儿，你不可读颂歌，而应该读列车时刻表：它更准确。”

10

萨特是一个很能洞悉内心情感的作家。他写“二战”时期被纳粹关押的一段经历，一天晚上，在打了熄灯铃后，他正慢慢走回房间。突然，一道手电光照射在他的脸上。哨兵开始喊叫起来……德军哨兵用枪刺威胁着，并在他背部狠狠地踢了一脚，他整个人摔向门上，当他走进囚房时，他大笑不止，他立刻意识到这反常的情绪其实是神经紧张的反应。当他告诉同囚难友他为什么笑时，他们也大笑起来。

我若不是有因紧张而大笑不止的经历，我想我就不理解萨特这段话。我十六岁那年，从知青点被抽派到省妇幼下乡保健队，随同去乡下普查。我们那个小组四个人，一个省里来的医生，其余两人是乡下的赤脚医生，都是十几岁的女孩。那天晚上我们来到一个小村庄，住在一幢刚竣工的，还没人居住的大房子里，那个女医生自己住一间条件稍好的，有床铺的。我们三个女孩在一大间空空的房子里架起木板睡通铺。时值夜半，我被身边的女孩叫醒，我迷迷糊糊醒来，见她惊恐万状的样子，她让我听，不一会，一个巨大的声音在整座大楼里回荡，好像是大的木桩撞击在墙壁上，且那洪大有力的声音由远而近，迅猛直奔我们的屋子，非常恐怖。这时，只见身边的女孩忽然笑个不停，边笑边把被子拉上来蒙住头。我正想她干吗要笑，可我忽然意识到我也在笑，且无法控制的，停不下来的笑。我赶紧把边上另一个女孩也叫醒，那女孩被叫醒后，看我们惊恐地笑着，她也不住地笑，她更是胆小，一边笑一边发抖还一边流泪。我没有萨特的敏锐，事后很久也没悟出那是因为紧张才笑的，读了他的文字才有所悟，那一定是神经紊乱所致，就像亢奋和抑郁，不同的两极控制不好会互相转换。

11

我们想象别人的痛苦，想象力其实是贫乏的，即使设身处地也是有限的，这是作为个体人的有限和无奈。行为艺术家 X 当过船员，在茫茫大海里航行，我相信那时他所感到的孤独是真正的孤独。然而，人是有限的，孤独是无限的。后来他为了尝试更深的孤独，以有限挑战无限，人为地制造了许多所谓的孤独。他把自己关在一个十平方米的笼子里长达一年之久，不交谈，不读写，不听广播，不看电视。也许依然走不进孤独的深处，他又把自己放逐到户外，在零下三十八度的大街上被警察关了禁闭。X 做的最绝的一件事情是和一个女艺术家用一根八英尺的绳子互绑腰间一年，两个人一起吃喝拉撒，规定不能有身体的接触，即使在一起洗澡。最终两人极度厌倦，一次女艺术家狂躁得差点将正在洗澡的 X 光屁股拖到大街上。

看了这所谓的孤独我简直是气愤了，这就像一个要体验轮椅生活的人，硬是把自己绑在了轮椅上，这与那真正瘫痪在轮椅上的人一样吗？那差别就是只要他愿意，他可以随时解开绳子站起来。而真正的孤独不是刻意制造出来的，那是一条人力所不能解开来的绳子，一条无形的绳子。

所以我向来对作家体验生活抱有异议，我不是反对作家体验生活，是提醒，那只是你体验到的那种生活的皮毛。

伊壁鸠鲁派信徒确信父母爱子女是出于利益考虑，就是养儿防老，或是争取社会福利。一个有文学盛名的 80 后的人说，一个人巨大安宁的幸福，来自自我献身的享受和自我欣赏。哈哈，我真想笑。我想说，第一种人永远不要对这类事发言。第二种人最好等你当了母亲再来发言，不管你现在名声有多大。我还想说，母爱，那是自然而然的，想不那样都不成，就像分娩后自然而然的乳汁分泌。

载《山花》下半月 2013 年第 11 期